KB269473

서문문고
275

한국의 연정담

박 용 구 엮음

차　례

제1화　네가 그러면 나도 ······················· 7

제2화　반음양 소동 ····························· 15

제3화　피임 방법의 실태 ······················· 22

제4화　어느 쪽에서 먼저 ······················· 29

제5화　가르칠 수도 없어 ······················· 35

제6화　지키기 어려운 정절 ····················· 42

제7화　얻은 첩은 제 아내 ······················· 49

제8화　호색으로 망신 ··························· 56

제9화　멋진 임금 ······························· 63

제10화　부인을 속이는 꾀 ······················· 70

제11화　얼빠진 영감쟁이 ······················· 77

제12화　신분에서 온 비련 ······················· 84

제13화　벼락 맞고도 살아난 재상 ··············· 91

제14화　어떤 여자의 마음 ······················· 98

제15화　모녀의 버릇을 고치다 ················· 105

제16화　과연 처녀였을까 ······················· 112

제17화　더러운 집념 ··························· 119

제18화 염불보다 잿밥 ···················· 126

제19화 환관의 아내 ······················ 133

제20화 목석같은 사나이들 ················ 140

제21화 멍청한 사내들 ···················· 147

제22화 나리 길들이기 ···················· 154

제23화 아름다운 나무토막 ················ 161

제24화 마님의 병 ························· 168

제25화 허울 좋은 청상과부 ··············· 175

제26화 수청기생의 꾀 ···················· 182

제27화 청상과부의 넓은 치마폭 ··········· 189

제28화 풍류남아 ························· 196

제29화 제 버릇 개 주랴 ·················· 203

제30화 기생의 계교 ······················ 210

제31화 무서운 여색 ······················ 217

제32화 왕비의 나이 ······················ 224

제33화 청상과부의 수절 ·················· 230

제34화 매정한 사나이 ···················· 237

제35화 공처가들 이야기 ·················· 244

제36화 저도 별 수 없어 ·················· 251

제37화 쏟아진 눈물 ······················ 258

한국의 연정담

제1화

네가 그러면 나도

고려 제23대 고종 임금 때 일이었다.

하루는 추밀원부사인 김약선(金若先)의 아내 최녀(崔女)가 대궐에 들어갔다. 앞뒤로 줄줄이 늘어선 하인들은 물론이려니와 한다하는 장군 벼슬에 있는 무리까지 경호를 맡고 나서서 굽실거리고 따랐으니 그 행렬이 어마어마하였다. 길에서 이 광경을 지켜보던 백성들은, 왕비가 행차를 한다 해도 이보다도 더 사치하고 요란스럽지는 못할 것이라고들 하였다.

이러한 호사는 왕명에 의한 것이었으므로 추밀원부사라는 남편 김약선의 벼슬이 대단해서는 아니었다.

바로 최녀의 딸이 태자비여서 고종 임금에게는 안사돈이 되는 터요, 그것보다도 최녀의 아버지가 바로 진양후(晋陽侯)인 최우(崔瑀)이기 때문이었다. 이때 최우는 그 아버지 때부터 고려의 모든 세력을 손아귀에 쥐고 임금마저도 마음 내키는 대로 내몰기도 하고 세우기도 하는 권세가였던 것이다.

태자비가 산일이 가까워지자 최녀는 친정어머니로서 거들먹거리며 대궐로 들어갔다.

'나도 이제 할미가 되는구나, 태어나는 게 아들이기만 하면 나는 장차 상감의 할미가 되는 것이지…….'

최녀는 그저 가슴이 부풀고 구름을 밟는 듯 들떠 있기만 하였다.

'온 세상이 내 뜻대로야…….'

그러나 대궐에서 나와 집으로 돌아오자 그러한 흐뭇한 기분은 싹 가시고 말았다. 남편 김약선의 소행이 생각났기 때문이었다.

김약선은 뒤뜰에다 망월루라는 다락을 세우고 그 속에 널찍한 방을 모란방이라고 이름 지어 여러 젊은 계집들을 끌어들여 음란한 짓을 하고 있었다. 더러는 말하기를 호탕하다고 하였으나 최녀는 상이 찌푸려지기만 하였었다.

'이 세상에서 내 비위를 거스르건 그것뿐이로구나'

밤은 깊어 가는데 등잔을 마주하여 앉았던 최녀는 벌떡 일어서더니 미닫이를 열고 마루로 나섰다. 아까 대궐에 들어갔다가 나오는 소란은 이미 가시었고 하인들도 다 잠이 들었는지 집안은 조용하기만 하였다.

'흥, 꼴에……그게 다 누구 덕인데?'

김약선이 거들먹거리는 것은 다 최우의 사위가 되었기에 즉 자기가 시집 가 주었기에 누릴 수 있는 것이라고 여겨지니 불쾌하기만 하였다.

"마님, 부르셨습니까?"

최녀가 투덜거리는 것을 하인을 부르는 소리로 들었던지 돌쇠라는 하인 녀석이 댓돌 밑에 대령하여 허리를 굽혔다. 최녀는 찌뿌듯하게 바라보다가 신을 신고 내려서며,

"너 앞서라!"

"예? 야심한데 어디로 납시렵니까?"

"망월루에 가자!"

"예?"

"말을 안 들으면 목숨이 날아갈 줄 알아라!"

"……."

그 말은 빈말만 아니었기에 거역할 수가 없었다.

"아무도 모르게 나를 인도하라. 그 안이 훤히 들여다보이는 곳으로 인도하란 말이다. 내 말을 따르면 상이 있겠거니와 거역하면 목숨이 없으리라."

돌쇠는 별 수 없어 숨을 죽이고 그녀를 인도하였다. 그곳은 망월루 맞은편에 있는 동산으로서 묘한 나무들이 빽빽이 들어차 있었으니 가히 몸을 숨기고 동정을 살펴볼 만하였다.

"허!"

망월루 안 모란방에서 일어나고 있는 일은 가관이었다. 대낮같이 밝은 등잔 밑에 꽃 같은 계집들이 제각기

거문고를 타고 있는데, 하나같이 벌거숭이들이었다. 더구나 김약선 역시 벌거숭이 꼴로 흥이 도도한 듯 너울너울 춤을 추고 있었다.

“저, 저런!”

최녀는 부르르 떨다 돌쇠 녀석의 어깨를 꽉 쥐었다. 어디엔가 의지를 하여야만 할 것 같았기 때문이었다.

춤을 추던 김약선은 풀썩 주저앉는 듯하더니 그 중 한 계집을 얼싸안고 뒹굴었으며, 다른 계집들은 잠시 까르르 웃더니 그대로 풍악을 울렸다.

최녀는 잠시 눈을 감았다.

“잘 놀아난다. 제멋대로 구나……내겐 독수공방을 시키고서, 흥, 나라고 이 꼴을 보고 있지만은 않을걸…….”

최녀는 중얼거리더니 서슴지 않고 돌쇠의 허리께를 얼싸안았다.

“마, 마님!”

놀란 돌쇠는 주저 물러앉았으나 최녀는 숨결이 거칠어지며 다그쳤다.

“이 녀석! 너도 명색이 사내지? 그러면 사내구실쯤 하겠구나!”

“마, 마님!”

“입 닥쳐! 하라는 대로 말을 듣지 않으면 목숨이 붙어 있지 않을 줄 알아라!”

최녀는 독사같이 휘감겨 왔고, 돌쇠는 울상이 되었으나 거역하는 도리가 없어 마지못해서 구실을 하게 되었다.

최녀는 눈으로 본 요절할 광경에, 질투와 보복심으로써 돌쇠와 가까이 하였으나 그것만으로 분이 풀리지 않았다.

이튿날 당장 친정으로 가서 아버지 최우에게 호소하여 그 힘을 빌렸다. 즉 망월루에 드나드는 모든 계집과 그런 계집들을 끌어들이도록 주선한 무리를 모조리 잡아 귀양 보내고 망월루는 허물어 버렸다. 최우로서는 그런 일쯤은 식은 죽 먹기보다도 더 쉬운 노릇이었고, 김약선은 한 마디 항변도 못하고 그저 두려움에 떨어야만 했다.

'꼴좋다!'

최녀는 고소해서 늘어지게 기지개를 켜고 자리에 누웠다. 이제 눈꼴사나운 일이 없을 것이니 편안히 잠이 올 판이었다. 그런데 잠이 오지 않았다.

'돌쇠 그 녀석이 어리고 미련하기는 하지만……'

그저 네가 그럴 바에는 나도 지고 있지는 않겠다는 생각에 뒤집어씌우듯 가까이 하였던 터였다. 그러나 이렇게 홀로 자리에 누웠으니 아련하게 그 체취가 그리워지기만 하였다.

'이 녀석은 지금 뭘 하고 있을까?'

잠을 이루지 못하여 몇 번이고 뒤쳐 누웠다.

다음날 슬며시 돌쇠를 불렀다.

"밤이 이슥하거든 내 방으로 오너라."

"……."

돌쇠는 무슨 뜻인지 알아듣기는 하였으나 마음이 내키지 않아 머뭇거렸다.

"이 녀석! 감히 누구의 명령을 거역하기냐?"

"아 아닙니다, 마님."

"그럼 어김없어야만 한다."

"……."

"이 녀석! 네 목숨은 내 수중에 있는 것을 모르느냐?"

"예, 예……."

돌쇠는 부르르 떨었다.

밤이 깊어지자 돌쇠는 분부대로 대령하여 미닫이 밖에서 나직이 불렀다.

"마님."

"어서 들어오너라!"

돌쇠가 조심스럽게 방안으로 들어서니 누워 있던 최녀는 이불을 들썩하고는 손짓을 하였다. 등잔 불빛에 흰 살갗이 보이자 돌쇠는 아찔해지는 듯 눈을 감았다.

"뭘 머뭇거리고 있느냐? 춥다."

"예, 마님."

이후로 최녀는 밤마다 돌쇠를 불러들였다. 돌쇠는 크

게 흐뭇한 짓은 못 되었으나 꼬박꼬박 명령을 어기지 않았다.

김약선은 망월루가 허물어지고 모든 가까이하던 계집들이 귀양을 가자 할 일 없이 사랑채에 칩거하고 있었다.

답답하고 울적하기만 하였으나 누구에게 분풀이도 할 수 없고 술자리를 벌일 흥도 나지 않았다.

"허, 이거, 되겠나? 우선 적막해서 살 수 있어야지……."

김약선은 오래간만에 아내의 방을 찾았다. 최녀가 살뜰하게 생각되어서는 아니었고, 슬슬 숨통을 터도 괜찮을지 어떨지 눈치를 살피려는 심산이었던 것이다.

"여보, 여보……."

아직도 방에 등잔이 밝혀져 있었기에 무심히 미닫이를 연 김약선은 어리둥절하였다.

후닥닥 자리에서 일어난 것은 돌쇠였는데 실오라기 하나 안 걸친 벌거숭이였다. 기가 차서 뭐라고 말하기도 전에 돌쇠는 그 꼴로 밖으로 뛰어나갔다. 최녀는 이불을 뒤집어쓰고 돌아누웠다.

"허망하도다!"

김약선은 너무나 어이없어 한 마디 중얼거리고는 밖으로 나와 버렸다.

그런데 이튿날 최우가 보낸 군졸들이 달려들어 김약

선을 잡아갔다. 최녀가 김약선이 반역할 마음을 품고 있노라고 엉뚱한 참소를 하였기 때문이었다.

나라 안의 모든 세력을 쥐고 멋대로 정사를 보는 최우는 자기에게 반역하는 것을 가장 미워하였다. 설마 제 남편을 모함하리라고는 생각지 못하였기에, 딸 최녀의 말만 믿고 사위 김약선을 잡아오게 하고 이어 사형하라는 명령을 내렸다.

그런 후에야 최우는 딸 최녀의 수작이 거짓이었다는 것을 알아차리고 부녀의 인연을 끊어 왕래를 막았다. 최녀는 두려워하지 않고 이제야 버젓이 돌쇠를 끼고 누웠다.

"아……이제야 내 세상이 되었구나. 이제야 정말 내 비위를 거스르는 것은 없고 무엇이든 내 뜻대로 구나……."

―《고려사》 권101 열전 14

제2화

반음양 소동

세조 임금 13년이니 약 5백 년 전의 일이었다.

사헌부에서 묘한 보고를 올렸다.

"김구석(金龜石)의 아내는 과부가 된 지 오래되었는데 사방지(舍方知)라는 종을 가까이하고 있습니다. 사방지는 이웃에 사는 종인데 얼굴에는 수염이 없고 여자의 옷을 입었으며 바느질도 잘한다고 합니다. 그런데, 이 사방지라는 자는 실은 여자가 아니고 남자라고 하며 전에 한 여승을 간음하였다고 합니다. 남자가 여자의 옷을 입고 있는 것도 괴이하려니와, 사대부 집안에서 김구석의 아내는 풍기를 문란하게 하였으니 마땅히 다스려 벌을 주어야 합니다."

과연 사건은 기묘하였다. 그러나 쉽게 다루기는 어려웠다. 김구석의 아내라는 과부 이씨는 바로 공조참판인 이순지(李純之)의 딸이었다. 또한 의숙공주의 시누이는 이씨의 며느리였다. 즉 그 집안이 한다하는 샤대부 집안이기에 선불리 다루어 추한 소문이 나게는 할 수 없었다.

"과연 사방지는 남자인가?"

이에 대하여 사헌부에서 정중하게 아뢨다.

"예, 사방지라는 자가 간음하였다는 여승을 데려다가 물어 보았더니 대단히 양도(陽道)가 강성하였다고 대답 하였습니다."

이렇게 되니 그냥 버려 둘 수는 없게 되었다. 문제는 사방지라는 자가 남자냐 여자냐는 것이었다.

나라에서는 여의를 시켜 사방지의 신체검사를 하게 하였다. 사방지를 잡아다 놓고 여의로 하여금 판단하라 고 하였다. 여의는 차마 옷을 벗기고 눈으로 확인하기 는 민망하여 사방지의 치마 밑으로 손을 밀어 넣었다. 여의는 한동안 더듬거리더니 얼굴이 벌개져서 손을 쑥 빼며 외쳤다.

"아이고머니! 나 남자입니다. 틀림없습니다."

"뭐? 만져지는 게 있더냐?"

"예."

그러나 사건을 소홀히 다룰 수는 없는 노릇이었다.

"과연 남자냐? 다시 한번 상세히 조사하여 보아라!"

여의는 머뭇거리다가 마지못하여 또 사방지 치마 밑 으로 손을 밀어 넣어 더듬거렸다.

"여자입니다."

"뭐야? 아까는 남자라고 하지 않았느냐?"

“예. 남자이기도 하고 여자이기도 합니다.”

“뭐라고?”

일은 갈피를 잡을 수 없게 되었다.

이씨의 아버지인 이순지는 살았다는 듯,

“사방지는 분명 여자입니다. 여의가 여자라고 하지 않았습니까? 먼저 남자라고 한 것은 남자의 성기가 아니고 혹을 더듬고 잘못 말했을 겁니다. 사방지는 그 근처에 혹이 있음이 분명합니다.”

이순지로서는 집안의 망신을 막고 딸의 허물을 벗기려는 생각에서 극구 여자라고 주장하였다.

이제 남은 방법은 여럿이 눈으로 직접 조사하는 도리 밖에 없었다. 이 일을 맡은 것은 승정원이고 의숙공주의 남편인 정현조 등 몇몇도 입회하게 되었다.

“그 치마를 벗어라!”

사방지는 두 손으로 치마를 감싸 쥐고 몸을 꼬는데 그 자태가 어느 모로 보나 여자였다.

“어서 벗지 못해!”

조사도 조사려니와 모두들 호기심이 가득하여 바라보는데, 한 사람이 다가가서 난폭하게 옷을 벗겼다. 드디어 사방지의 알몸이 드러났다.

사방지의 아랫도리에는 분명 남자의 성기가 달려 있었다. 그것도 보기 드문 큰 것이었다.

정현조는 입이 딱 벌어졌다.

"히야, 거 한번 장대하구나!"

그러나 자세히 바라보던 모든 사람들은 다시 한번 입이 딱 벌어졌다. 사방지는 남자의 성기만이 아니라 여자의 성기까지 갖추고 있었던 것이다.

"아, 아니, 이럴 수가?"

사방지가 남자냐 여자냐는 것은 단정을 내릴 수 없게 되었다.

세조는 보고를 받고 어이없어 서거정에게 물었다.

"이런 일이 있다는 말을 들은 적이 있는가?"

"예. 신이 전에 읽은 책에 다음과 같은 이야기가 있었습니다. 어느 양가집 딸을 여승에게 바느질을 배우러 다니게 하였더니 아이를 배었더랍니다. 괴이하게 여긴 현관이 이 여승을 잡아다가 그 몸을 살펴보니 남자의 성기와 여자의 성기가 다 있되 흔적뿐이고 구실을 할 것 같지가 않았더랍니다. 그래서 현관은 이 여승은 남자도 아니고 여자도 아니라고 석방하려고 하였더랍니다. 이때 이웃에 사는 한 사나이가 말하되 '그곳에 소금물을 발라서 황구(黃狗)에게 핥게 하여 보십시오' 하기에 그대로 하였더니 남자의 성기가 불쑥 솟아났다고 합니다. 이에 현관은 하늘의 이치는 오직 음과 양이 있을 뿐이고 사람은 오직 남자와 여자가 있을 뿐이다. 그런데 이 여승이라는 자는 남자이면서 여자이니 정도를 어지럽히는 요사한 존재라 하여 처단하였다고 합니다."

세조가 껄껄 웃었다.

"과인이 물었으니 이야기하였겠으나 경은 삼가 다시는 그런 이야기를 입에 올리지 마라. 흉악한 일이다."

"예. 삼가 조심하겠습니다."

조정에서 분분하게 말이 많았으나 결국 사방지가 남자냐 여자냐는 결론은 내려지지 않았다. 세조가 이순지를 불렀다.

"사방지의 일은 경에게 맡길 것이니 적절히 처리하라."

"성은이 망극합니다."

세조로서는 사대부 집안의 일이라 될 수 있는 대로 추한 소문을 드러내지 않으려는 것이었다.

이순지는 사방지를 데려다가 곤장 십여 대를 때리고는 종의 집으로 보냈다. 다시는 집에 드나들지 못하게 하고 종의 집에 가둬 두는 것으로써 사건을 일단락 지었다.

그런데 결말이 나지 않은 것은 이순지의 딸 이씨였다. 사방지가 가까이 있을 때는 똑같은 옷을 입고 자기와 같은 패물을 차게 하여서는 종일 마주 앉아 바느질도 하고 이야기도 하였었다. 그러다가 밤이 되면 같은 이불 속에서 연연한 정을 주고받았었는데, 이 지경이 되었으니 손에 쥐었던 떡을 빼앗긴 아이 꼴이 되었다.

"아아. 밤이란 지루하구나."

몇 날을 뜬눈으로 새우다가 문득 말하였다.

"몸이 찌뿌드드한 걸 보니 아마도 병이 깊은가보다. 온천에라도 갔다 와야겠다."

이씨의 속셈은 온천에 가는 것이 아니라 온천에 다녀오자면 그 도중에 사방지가 갇혀 있는 종의 집이 있기 때문이었다.

이 후도 이씨의 온천 왕래는 잦아지기만 하였다. 그 후에 이순지가 죽자 이씨는 다시 사방지를 불러들여 터놓고 지내게 되었다.

이 지경이 되니 조정에서는 또 시끄럽게 들고일어났다. 신숙주가 아뢰었다.

"사방지는 지난 날 여승을 간음하였으며, 그 후로 그 여승은 머리를 길러 속인이 되었다고 합니다. 이 한 가지만을 가지고도 사방지를 벌주어 마땅합니다."

그러자 홍윤성·한계희·노사신 등등, 한다하는 대관들이 맞장구를 치고 들고 일어섰다.

"더구나 이 자는 남자도 아니고 여자도 아니니 죽여 마땅하오며 용서하셔서는 안 됩니다."

세조는 하잘것없는 것으로 인하여 조정이 시끄러운 것이 골치 아팠으며, 더구나 추하고 난잡한 일을 자주 입에 올리는 것도 마땅치 않아 단을 내렸다. 즉 좌승지인 윤필상에게 분부를 내렸다.

"이 자는 사람이라고 할 수 없다. 마땅히 멀리 귀양을 보내도록 하라.”

　결국 사방지는 신창현으로 귀양 보내졌다.

　그 후 이씨가 연연한 회포를 어떻게 풀었는지는 알 수 없다. 어쨌든 반음양(半陰陽)으로 인하여 세조 임금을 비롯하여 한다하는 대관들이 왈가왈부하였으며, 몇 번의 신체검사를 치르는 등의 소란을 피웠었다.

—≪세조실록≫ 8년 4월 5일

제3화

피임 방법의 실태

고려의 태조 왕건은 새나라 고려를 세운 영특한 인물이기도 하려니와, 문헌에 남아 있는 왕비, 후궁의 수효는 29명에 이르고, 따라서 거기에서 낳은 자녀도 많아 25남 9녀 모두 34명이다.

그러니 그 중에서 누구를 태자로 삼아 왕가를 계승시키느냐는 것은 문제였다. 왕건으로서는 맏아들이기도 하고 성품이 온화한 무왕자를 태자로 삼고자 하였다. 그러나 한 가지 거리껴지는 것은 무왕자의 어머니인 장화왕후의 신분이 미천하다는 것이었다.

그러기에 왕건은 한 가지 편법을 써서 헌 옷 상자에다 황적색 옷을 담아 장화왕후(莊和王后)에게 주었다. 장화왕후는 그 뜻이 무엇인지 몰랐다.

"이것이 무엇입니까?"

"가지고 있으면 다 알 날이 있으리라."

왕건은 까닭을 이야기하지 않고 그저 빙긋이 웃을 따름이었다. 웃다가는 정색을 하였다.

"거기에는 깊은 뜻이 있는 것……."

"예?"

장화왕후는 궁금하기 짝이 없었으나 알아낼 재간이 없어서 대광(大匡) 벼슬에 있는 신하인 박술희(朴述熙)에게 물어보았다.

"마마께서 이것을 주시면서 깊은 뜻이 있다고 하셨는데, 그 뜻을 가르쳐 주지 않으셨소이다. 그 뜻이 무엇인지 짐작할 수 있겠소?"

박술희는 고개를 갸웃하였다.

"헌 그릇 속에 새 옷이라? 아아니, 그 옷도 예사 옷이 아니고 황적색이라?"

얼마 만에야 박술희는 무릎을 탁 쳤다.

'옳지! 황적색 옷은 임금이 입는 옷의 빛깔이다. 이제 그런 옷을 헌 그릇에 담아서 내렸으니, 이는 그 어머니인 왕후는 비록 보잘것없는 신분이지만, 거기에서 태어난 왕자는 태자로 삼겠다는 뜻이리라.'

이렇게 판단되자 이 자리에서는 어물어물 물러났으나, 이튿날 곧 태자를 세울 것과 무왕자로써 태자를 삼음이 마땅하다는 상소를 올렸다. 이렇게 되니 그 뜻이 옳다고 찬성하고 나서는 신하들이 나타났다. 이리하여 태자를 세우는 논의는 정식으로 결정을 보게 되었으니, 왕건은 신하들의 의견을 받아들이는 체 또는 못 이기는 체하면서 무왕자를 태자로 책봉하였다. 이래서 무왕자가 제2대 임금이 되었으니 즉 혜종이었다.

이것이 인연이 되어 박술희는 혜종에게 있어서는 없어서는 안 될 신하가 되었다. 박술희 자신도 충성을 다하였다.

후에 왕규(王規)가 혜종의 자리를 넘보고 자신의 외손이 되는 왕자 광주원군(廣州院君)을 추대하려는 움직임을 보이자 박술희는 정면으로 맞서고 나서서 싸웠다. 드디어는 그 일로 인하여 살육당하기까지 하였다.

각설하고, 왕건은 장화왕후의 신분이 미천하다는 것을 처음부터 걱정하고 있었으니 거기에 얽힌 이야기가 남아 있다.

장화왕후는 나주 사람 다련군(多憐君)의 딸이었다. 어느 날 뜻하지 않게 큰 용이 나타나서 뱃속으로 들어가는 꿈을 꾸고는 놀라 깨었다. 꿈이 너무 놀라워 부모에게 이야기하였다.

"거 신기하구나. 용이란 예사 짐승이 아닌데 아마도 네가 좋은 곳에 출가하여 귀한 아들이라도 낳게 된다는 징조인가보다."

알 수 없으면서도 신기하고 대견하게 여겨져 은근히 무엇인가를 기다리게 되었다.

그런 일이 있은 지 며칠이 지나지 않아서 이곳에 왕건이 나타났다.

왕건은 수군(水軍)을 거느리고 목포에 이르러 정박하였는데, 문득 바라보니 아득한 곳에 오색의 구름이 보였다.

"저건 무엇인가, 상서로운 징조이다. 저 아래에 무엇이 있기에 저런 서운(瑞雲)이 보이는가?"

그 오색구름이 있는 곳에 가고자 하니 자연히 강을 따라 올라가다가 나주에까지 이르게 되었던 것이다.

더구나 놀라운 것은 오색구름이 떠 있는 바로 그 아래 한 처녀가 빨래를 하고 있었다.

"너는 뉘 집 딸인가?"

왕건이 물으니 처녀가 다소곳이 대답하였다.

"예, 다련군의 딸인 오녀(吳女)입니다."

"알았다. 후에 기별이 있으리라."

결국 왕건은 여기에 머무르기로 하고 다련군을 찾았다. 그리고는 은근한 뜻을 비쳤다.

다련군은 딸에게서 며칠 전 상서로운 꿈 이야기를 들은 생각이 났다. 이제 찾아온 사람은 당당한 장수이고 기골이 비범한 게 장차 귀한 사람이 될 것이 분명하였다.

'이런 사람이 찾아오려고 딸이 그런 꿈을 꾸었었구나. 아마도 이것이 인연이고 장차 더욱 귀해질 아들을 낳으려나보다.'

이렇게 생각한 다련군은 공손히 절하였다.

"어찌 감히 장군의 뜻을 거역하겠습니까?"

정성을 다하여 대접하고 밤이 되자 딸을 왕건에게 보

냈다.

왕건은 신명이 나고 흐뭇하였으나 문득 집안 꼴과 다련군 생각을 하였다. 처녀를 앞에다 앉혀 놓고 불같은 정욕이 끓어오르는 판이기는 하였으나, 이 집안이 어떠한가를 알아봐야겠다는 생각이 들었던 것이다.

“아비는 무엇을 하는고?”

“농사를 짓습니다.”

“농사라? 거 좋지. 집안에서 누구 벼슬한 사람은 없는가?”

“…….”

“대대로 농사만 지었는가?”

“예.”

왕건은 고개를 갸웃하고 있다가 말했다.

“거 좋지. 한데 이 고장에서는 어떠한가? 이 집이 장자(長者)로서 통하고 있는가?”

“그렇지는 않습니다.”

“음.”

신분이 대단치 않다는 것이 드러났다.

왕건은 빤히 처녀를 바라보았다.

신분이 보잘것없다는 것은 알았으나 그렇다고 그대로 물러가기에는 너무나 아까웠다. 또 아까 본 오색구름 생각이 나서 더구나 단념하기는 싫었다.

“허!”

왕건은 덥석 처녀를 껴안았다. 그냥 물러설 수도 없고 모르는 척할 수도 없었다. 품에 안긴 처녀에게서 풍기는 향긋한 내음은 더욱 마음을 산란하게 만들었다.

'어떻게 한다?'

왕건은 처녀를 부둥켜안고 깔아놓은 돗자리 위에 뒹굴면서도 머리 속에서는 사태를 타산하기에 바빴다.

'결국 이 처녀를 가까이할 수밖에 없다. 가까이하는 것이야 신분이 미천해도 상관이 없을 것이다. 다만 걱정스러운 것은 미천한 몸에서 자식이 생길지도 모르는 것이다. 자식이 생기면 안 되니까 그것은 막아야지…….'

매우 엉뚱하고도 이기적인 생각이었다. 가까이하기는 하고 자식은 못 낳게 하고…….

그때 피임 기구가 있을 리 없었으므로, 왕건은 묘한 피임 방법을 생각해 냈는데, 그것은 질외 사정이었다. 그리고 그것은 성공하였으니 결국 왕건은 침착하게 돗자리에다 사정하였다.

그런데 왕건이 이기적인 것만큼 처녀도 영리하여 처녀는 드디어 임신을 해버리고 말았다. 그로 인해서 왕건의 계획은 깨어졌다.

이래서 태어난 아들이 무왕자였다.

무왕자는 그러한 내력이 있어 태어났기 때문인지 얼굴에 돗자리 자국이 뚜렷했다. 또 하나 무왕자에게는 기괴한 버릇이 있었다. 즉 자리에다 물을 붓거나 씻어 내는 것을 좋아하였으며, 큰 병에다 물을 담아 가까이 두고는 자주 팔을 씻었다. 팔에 무엇이 묻어서가 아니라 팔을 씻는 그 자체를 즐기는 듯하였다.

이 기괴한 버릇이 어디에서 왔는지는 모르겠으나, 사람들이 흔히 말하기를 무왕자가 용의 아들이어서 물을 좋아하는 것이라고들 하였다. 이러한 해석은 임금을 흔히 용에 비유하는데, 장화왕후가 용이 뱃속으로 들어가는 꿈을 꾸고서 왕건을 만났기 때문이었을 것이다.

—《고려사》 권88 장화왕후편

제4화

어느 쪽에서 먼저

성종 17년 정월에 묘한 사건이 발각되었다.

이 일은 종실(宗室)인 옥산군(玉山君)이 상소한 데에서 발단이 되었다.

"앞서 죽은 덕성군(德城君)에게는 자식이 없었기에 어명으로서 신의 자식인 영인군(寧仁君)이 입양되었습니다. 영인군은 그 집에 들어가 대를 이었으며, 덕성군의 후처인 구씨를 어머니로 모셔서 오늘날까지 지내왔습니다. 얼마 전 구씨가 심한 복통을 하기에 의원을 보내어 치료하게 하였던 바 뜻밖에도 해산을 하였습니다. 신은 이 이야기를 듣고 너무나 놀랍고 황망하여 감히 아룁니다."

보고 겸 고발장이었다. 그런데 왕실에 관계되는 스캔들이라 성종은 엄명을 내렸다.

"이는 종실 집안의 여인이 추행을 범하였다는 것이니 그대로 버려둘 수는 없다. 영인군을 데려다 물어보면 자세한 까닭을 알 수 있으리라."

이 명에 따라 영인군이 호출되어 문초를 받았다. 영

인군이 말하였다.

"집에 드나든 외부 사나이는 없습니다. 다만 이모의 아들인 이인언(李仁彦)이 자주 드나들었는데 지금은 고향인 금산에 가 있습니다. 혹시 의심을 하자면 이인언이 수상합니다."

사건은 좀더 미묘해졌다. 왕실의 과부가 아이를 낳았으며, 그 상대는 놀랍게도 조카이니 근친상간의 범죄를 저지른 것이다.

그러나 사건의 처리는 신중해야 하겠기에 성종 임금은 내관인 안중경(安仲敬) 등에게 여의를 거느리고 가서 진상을 조사하게 하였다. 태어난 아이를 어디에 갑자기 숨길 수 없어 사실은 명백하게 드러났으며, 안중경의 물음에 구씨는 대답하지 않을 수 없었다.

"이 아이의 아비는 누구요?"

"이인언입니다."

그 말은 영인군의 추측과 일치하였으니, 의금부에서는 급히 사람을 파견하여 금산에 가 있던 이인언을 잡아오게 하였다. 그리고 구씨와 이인언 두 사람에 대한 문초는 좌부승지인 윤은로(尹殷老)가 맡았다.

"연유를 자세히 말해 보라!"

추상같은 물음에 구씨는 한참이나 대답이 없더니 겨우,

"이인언은 조카이니 저희 집에 자주 드나들거나 묵은

일이 더러 있었습니다.”

“그래서 함부로 간음하였는가?”

구씨는 깜짝 놀라는 듯 고개를 젓고는 말을 이었다.

“아, 아닙니다. 어찌 그럴 수야 있겠습니까?”

“그럼 어떻게 해산을 하였단 말인가?”

“하루는 밤이 깊었는데 갑자기 이인언이 제 방에 뛰어들었습니다. 이날따라 종년도 가까이 없었기에 저는 그저 잘 타일렀습니다. 어찌 이런 큰 죄를 저지르고자 하느냐고 타이르고 반항하자, 이인언은 옷자락으로 제 얼굴을 가리고는 덮쳐들었습니다.”

“그래서?”

“그 후로는 인언이 뻔뻔스럽게 자주 제 방을 범하여 드디어 이 지경에 이르렀습니다.”

윤은로는 어림도 없다는 듯 말했다.

“처음은 그랬었거니와, 그 후에 자주 이인언이 드나들게 놔두었다는 것은 무슨 말인가? 이는 유인해서 들어오게 하였던 것이나 아닌가?”

“아, 아닙니다.”

도무지 뜨뜻미지근한 진술이다. 어쨌든 상대가 이인언이었다는 것만은 사실인 듯하였다.

그러자 이인언은 딱 잡아떼었다.

“저는 억울합니다. 제가 어찌 이모를 범하겠습니까?”

“이놈! 그러나 엄연히 구씨는 자식을 낳지 않았느냐

말이다.”

그러자 이인언은 눈만 끔벅거렸다.

“저는 모릅니다. 전에 보니 구씨의 조카뻘인 안계로(安繼老)라는 자가 자주 그 집에 드나들었습니다. 참 깜박 잊고 있었습니다만 지난 갑진년 시월에 안계로가 구씨의 손목을 잡고 희롱하는 것을 본 일이 있습니다. 그러니 아마도 간부는 그 안계로임에 틀림이 없습니다.”

이렇게 되면 대질이라도 시켜야 할 판국이다. 그러나 이인언은 계속되는 모진 닦달질을 견디지 못하여 주섬주섬 늘어놓았다.

“사실대로 아뢰겠습니다. 제가 한번은 허벅지에 종기가 나서 몹시 고생을 한 일이 있습니다. 앓아누워 있는데 구씨가 병문안을 와서는 종기난 곳을 어루만져 주며 심히 해괴한 눈초리로 저를 바라보았습니다. 저는 몹시 앓고 있던 터라 나무라지도 않았고 더 이상하게 생각하려고도 하지 않았습니다. 한데 이튿날 구씨가 또 찾아와 역시 종기가 생긴 제 허벅다리를 어루만졌습니다. 그러더니 깜짝할 사이에 그 손으로 제 아랫도리를 더듬는 게 아니겠습니까? 저는 어떻게 놀랐던지 병석에 누워 있어 혼미한 중에도 발을 들어 구씨를 걷어차고 심하게 꾸짖었습니다.”

“……”

문초하는 쪽에서는 귀를 세우고 다음 말을 기다렸다.

"그 후 제 병이 낫자 밤에 구씨가 은근히 제 방에 들어왔습니다. 병이 나은 것을 축하한다면서 유밀과를 가지고 들어와 저에게 먹으라고 하였습니다."

"그래 받아먹었는가?"

"남남도 아닌 친척이니 지나간 일은 잊고 대해 주었습니다. 그랬더니 구씨가 눈물을 흘리다시피 하며 애원하였습니다."

"뭐라고?"

"욕정 때문에 죽을 지경이니 제발 살려 달라고 하였습니다. 그 모습이 가련하여 제가 박정하게 굴면 정말 구씨는 죽을 것만 같았습니다. 사나이로서 어찌 이런 광경을 보고서 모르는 척하겠습니까? 그래서 그만……."

"이놈, 그러하거늘 어찌 금산으로 달아나 있었으며 안계로의 이야기는 또 무엇이냐?"

"그렇게 지내는데 하루는 구씨가 말하기를 벌써 월경이 없는 지 여러 달이 지났다고 하기에 저는 임신이 두려워 고향으로 달아났습니다. 처음에 안계로를 이야기한 것은 그것으로써 제 죄를 면할까 하여 거짓 꾸며대었던 것입니다."

사건은 명백하였다. 구씨가 낳은 아이의 아비가 이인언이라는 사실이 드러났다. 그러나 누구 쪽에서 먼저 유인하였느냐는 것은 알 도리가 없었다.

이인언이 구씨의 얼굴에 옷을 뒤집어 씌웠는지, 또는 구씨가 이인언의 어디를 더듬었는지 대질을 시키거나 현장 검증이라도 하여야 할 판국이었다.

이 당시의 법률도 화간이냐 강간이냐를 따졌다. 그리고 강간인 경우에는 여인은 죄에 연좌되지 않기도 하였다. 그러나 두 사람 다 그러한 일이 여러 번 있었다고 하니, 이미 화간이냐 강간이냐를 따질 단계는 아니었다.

그것보다도 종실 집안에서 이런 사건이 일어났다는 게 문제였다. 성종은 탄식했다.

"과인이 덕이 없어 미풍양속을 고루 미치게 하지 못하여 이 지경에 이르렀도다. 구씨와 이인언은 이미 죄를 자인하였거니와, 영인군은 그 집안에 들어가 양자로서 대를 이었으니 구씨는 영인군의 어미가 아니겠는가? 어미가 실절(失節)하고 집안이 음란하였으니 이는 어찌 효도라고 할 수 있겠는가?"

성종의 뜻이 이러함을 알자 대사헌이 아뢨다.

"영인군이 그 어미 봉양을 잘하고 가도를 다스리며 내외의 분별을 엄히 하였더라면 이런 일은 없었을 것입니다. 영인군도 벌로써 다스려야만 합니다."

결국 억울하게도 영인군도 벌을 받게 되었다.

—《성종실록》 17년 정월

제5화

가르칠 수도 없어

제안대군(擠按大君)이라고 하면 성종의 아우요, 연산군의 숙부이다. 연산군의 총애를 받아 온갖 요사스러운 짓을 다한 장녹수는 바로 제안대군집 종이었다가 미모로써 뽑혀 대궐에 들어갔다.

제안대군은 자질구레한 속세의 일에는 뜻이 없고 풍류로써 일생을 흘려보냈다. 노래를 좋아하고 무슨 악기든지 능란하게 다루었다. 그러한 풍류객이지만 여인은 금기였다. 원래 제안대군은 김말수(金末守)의 딸을 아내로 삼았었다. 상처하자 다시 박중선(朴仲善)의 딸에게 장가들었다. 그런데 어머니의 상을 당한 뒤로는 무슨 생각을 하였음인지 일체 여인을 가까이하지 않았다. 이때 서른셋이라는 한창 나이였는데 여인을 가까이하지 않음은 물론이요 더불어 한자리에 마주 앉기도 싫어하였다.

'여인이란 더러운 것이니 어찌 가까이하겠는가?'

이것이 제안대군이 내세우는 구실이었으나, 어쨌든 색과는 담을 쌓고 오로지 노래와 악기에 묻혀서 나날을 뜬구름같이 흘려보냈다.

세조를 도와 공신의 칭호를 받은 한명회의 손자로 경기(景琦)라는 사람이 있었다. 그는 글을 잘하였으나 벼슬에 뜻이 없었다. 그러기에 사마시에는 거뜬히 합격하였으나 대과는 포기하여 벼슬하지 않을 뜻을 밝혔다. 그러나 공신명 손자라 하여 나라에서는 돈령부정이라는 벼슬을 시켰다. 그러니 벼슬한다는 것은 마지못한 일이며 그저 면목 상에 그치고, 나날을 벗과 더불어 술 마시고 시를 읊곤 하여 당대의 죽림칠현 중 한 사람으로 일컬어졌다.

그러한 풍류객이었으나 여인은 금기였다. 장가들어 아내가 있기는 하였으나 안방을 찾아 들어가는 일은 전연 없고 아내와 이야기를 나누지도 않았다. 한경기의 여인 금기는 좀더 철저하여 어쩌다가 사랑채 밖에서 계집종의 목소리라도 들리면 외쳤다.

"이년! 누가 이 근처에서 얼씬거리라고 하였더냐?"

지팡이로 쫓는 서슬에 도망쳐 달아나곤 하였다. 그래서 시중을 드는 것도 모두 사내 하인들뿐이었다.

제안대군과 한 경기는 같은 시대 사람이었다. 이 무렵에 여인을 금기로 아는 사람이 또 한 사람 있었으니 김자고(金子固)의 아들 김도령이었다.

김자고에게는 딸도 없고 오직 외아들이 있을 뿐이었다. 그러니 금이야 옥이야 길렀으며 일찌감치 장가를 들

여 손을 보기를 기다렸다. 그러나 당사자인 김도령은 전
연 아내를 거들떠보지도 않았으며, 억지로 아내 방에 들
어가게 되면 마지못해 한 귀퉁이에서 쭈그려 자고 나오
는 판국이었다. 그러니 김자고는 속이 탈수밖에 없었다.
 "허, 이거 야단났구나. 이러다가는 우리 집 대가 끊어
지겠는데……."
 심각한 고민거리였다. 그렇다고 절에 가서 불공을 드
리거나 푸닥거리라도 해서 해결되는 일은 아니었다. 더
구나 며느리에게 네가 좀 어떻게 해 보라고 당부할 수
도 없었다. 걱정이 태산 같고 앞날이 암담하던 끝에 하
나의 묘책이 생각나기는 하였다.
 '옳지! 이제 남은 길은 그것뿐이다.'
 묘책이란 산전수전 다 겪은 기생을 시켜 아들에게 남
녀의 길을 차근히 가르치게 하자는 것이었다. 이래서 신
중히 고른 끝에 한 기생이 김자고 앞에 불려오게 되었
다.
 "너에게 요긴히 청할 말이 있느니라. 네가 이 일을 능
히 감당해 내면 내 재물을 아끼지 않으리라. 알아듣겠
느냐?"
 "예."
 "내게 자식이 하나 있다만 자식 하나만으로 서야 쓰
겠느냐? 손이 많이 퍼져야지. 그래서 너에게 청을 하는
것이니라."

"알아듣겠습니다."

기생은 쳐다보고 방긋이 웃었다. 첩이 되어 또 자식을 낳아 달라 해도 응할 판이요, 이 집 자식의 첩이 되어 달라 해도 역시 응할 판이었다.

"내 자식은 아직 철이 덜나서 그런지 도무지 음양을 모르는구나. 제 아내가 있기는 하다만 꼭 닭이 개 보듯하니 탈이란 말이다. 한번 네가 깨우쳐 주겠느냐?"

"어렵지 않습니다."

기생은 또 방긋이 웃어 보였으나 김자고는 자못 심각한 표정이다.

이래서 병풍을 둘러치고 원앙금침을 마련한 교습장이 준비되고 교사인 기생이 도사리고 앉아 기다리고 있었다. 김도령은 아버지에게서 간곡하게 한 이부자리에서 자야만 한다는 당부를 받고 방으로 들어갔다.

"어서 들어오세요."

기생은 넘쳐흐르는 교태를 띠고 앉았으나 김도령은 슬쩍 쳐다보더니 마지못해 앉았다.

"밤도 깊었습니다."

기생은 쑥스러워하는 것을 부드럽게 하고자 등잔불을 끄고 먼저 옷을 훌훌 벗고는 자리에 누웠다. 김도령은 어리둥절한 듯 한동안 그대로 있다가 대강 옷을 벗고 자리에 누웠다.

"도련님!"

“…….”

기생이 한껏 다정하게 속삭였으나 대답은 없었다.

“도련님!”

그제야 겨우,

“응?”

“아씨는 무척 아름다우시죠?”

“몰라.”

“아씨하고 같이 주무시나요?”

“어쩌다가…….”

“어떻게 주무시나요?”

“그냥 자고 나오지…….”

기생은 속으로 고개를 끄덕였다.

“도련님!”

“…….”

“이 세상에는 왜 사나이와 여인이 있을까요?”

“몰라.”

“모르세요?”

“내가 그런 걸 어떻게 알아?”

“…….”

기생은 터져 나오는 웃음을 참느라 애를 썼다.

“졸려, 더 이야기하지 마…….”

기생은 자기에게 맡겨진 책임을 생각하였다. 그래서 방법을 바꿨다.

"도련님, 밖이 추운지 매우 춥군요."

"……."

"이렇게 추울 때는 둘이 안고 있으면 덜 추울 거예요."

"……."

기생은 슬며시 품에 안겨 갔다. 품에 안겨 가는 것이 아니라 제 품에다 김도령을 안았다. 그러나 아무 반응이 없었다. 별 수 없이 기생은 다음 단계로 넘어가서 김도령의 몸을 어루만지기 시작하였다.

"으악!"

김도령은 불에 데기라도 한 듯 벌떡 일어나더니 방문을 박차고 뛰어나갔다.

"도련님!"

하고 기생이 애원하듯 불렀으나 김도령은 이미 대청으로 뛰어나갔으며, 그것도 모자라는지 맨발로 뜰로 내려서더니 마루 밑으로 기어들었다. 집 안은 온통 소란해지고 김자고는 어이없어 마루 밑을 들여다보며 말했다.

"애야, 어서 나오너라."

"싫어! 싫어요."

"이 녀석! 어서 나오지 못해!"

"으, 흐흐……."

김도령은 밖으로 나오기는커녕 흐느껴 울기까지 하였다.

　기생의 수단은 실패로 돌아갔다. 많은 상을 받기는 고사하고 면목 없이 황망히 돌아갔다. 김자고는 등잔불과 마주 앉아 밤을 새워 긴 한숨만 몰아쉬었다.

　기생의 강습은 비단 실패로 끝난 것만은 아니었다. 그 후로 김도령은 젊은 여인, 그것도 곱게 단장한 여인만 보면 어쩔 줄을 몰라 하다가 어디론가 도망치곤 하였다. 제 아내를 보아도 도망치고 친척집 여인이 다니러 온 것을 보아도 달아나곤 하였다. 얼른 달아나지 못하거나 마땅한 은신처를 발견하지 못하면 목 놓아 울기까지 하였다.

　김자고는 기가 막혀 소리쳤다.

　"이 녀석아! 왜 이러느냐? 뭐가 어쨌다는 거야?"

　답답하고 안타까운 노릇이었다. 이 집안은 대가 끊어지게 마련이요, 김자고의 절망은 해결 방법이 없었다.

―《용재총화》 권2

제6화

지키기 어려운 정절

옛적에 윤씨 성을 가진 재상이 있었는데 슬하에 딸이 여럿이었다.

하루는 거리가 온통 떠들썩하고 너나없이 뛰어나가 서성거렸다. 멀리 중국에서 사신이 온다는 것이었다. 이웃 나라의 사신이 온다는 것도 구경거리려니와, 나라에서 문무백관이 위의를 갖추고 마중 나간다는 것이었다. 그러니 그 행렬은 대단하고 한번 볼만할 것이었다. 그러기에 벌써 이른 새벽부터 미리 자리를 잡고 기다리는 사람들이 많았다. 이 구경거리에 사나이들만이 아니라 대갓집 안주인이나 규수들도 성장하고 나왔다. 행렬 그 자체보다도 사람 구경이 떡 벌어지게 펼쳐질 것이다.

이러니 윤재상의 딸들도 들떠서 이른 새벽에 몸단장을 끝마치고, 아버지의 허락이 내리기만을 기다리고 있었다.

"너희들 이리 오너라."

윤재상은 딸들을 불러다가 앞에 앉혀 놓고 말했다.

“너희 지금 거리로 구경을 나가려고 하느냐?”

“예.”

“구경을 한다는 것은 좋은 일이다. 조금도 탓할 것이 없어. 그러나 내 한 가지 이야기할 것이 있느니라.”

윤재상은 헛기침을 두어 번했다.

“여인에게 가장 중요한 것은 정절을 지키는 것이다. 이는 평시에 너희가 배워서 잘 알고들 있겠지?”

“예.”

“그렇다면 내가 한 가지 얘기를 하겠다. 정신을 가다듬어 잘 들어 보아라.”

윤재상은 다음과 같은 이야기하였다.

옛날 어느 임금님이 대궐 뜰에 있는 한 나무를 뽑아 버리고자 하였다. 이 나무는 높이가 팔 척이나 되고 꽃이 있는 것도 아니고 향기도 없어서 불필요하게 여겨서 없애고자 했다. 그러나 어찌나 깊고 단단히 뿌리를 내리고 있는지 누구도 뽑아내지를 못하였다. 임금님은 생각다 못해서 도술이 놀랍다는 술사를 불러다가 좋은 방법을 물어보았다.

“힘깨나 쓴다는 저 사람도 나무를 뽑지 못하였소. 한다하는 사람이 온갖 방법을 다하였으나 성공하지 못하였소. 누가 능히 저 나무를 뽑을 수 있겠소?”

술사는 차근히 나무를 살펴보더니 말했다.

“이 나무는 사나이가 아니라 여인이어야 뽑을 수 있

겠습니다."

"허, 그래?"

임금님은 너무 뜻하지 않았던 말이라 눈이 둥그레졌다. 술사는 차근히 말을 이어,

"그것도 아무 여인이나 되는 것은 아닙니다. 정절이 굳은 여인이어야만 합니다."

"허허, 거 신기한 노릇이로다."

"예, 틀림이 없습니다."

"그런 정절 굳은 여인이야 얼마든지 있을 것이니 어렵지 않겠다."

임금님은 쉽게 생각하였으나 막상 어느 여인이 정절이 굳은지 알아내기 어려웠다. 임금은 성안에 있는 모든 여인을 대궐 안에 불러들여서 말했다.

"저 나무를 보아라. 저 나무를 뽑고자 하는데 정절이 굳은 여인이 잡아당기면 능히 뽑힌다고 하니 너희들 중 누가 나서 보겠는가?"

임금님의 말에 몇몇 여인들은 꽁무니부터 뺐었다. 제가 생각하기에도 행실이 바르지 못하고 정절 따위와는 거리가 멀다고 여겨진 여인들이었다. 또 몇몇 여인들은 소매를 걷어붙이고 나서서 나무를 흔들어 보았으나 꼼짝하지 않았다. 그 여인들은 얼굴을 붉히고 슬며시 물러났다. 이렇게 되니 감히 나서는 여인이 없었다.

그러자 한 여인이 앞으로 썩 나서며 말했다.

"제가 해 보겠습니다. 저는 자신이 있습니다."

나무를 잡아당기니 흔들리기 시작하였다.

"허허!"

임금님은 탄성을 울렸으며 모든 여인들은 놀랍고 신기하여 숨을 죽이고 바라보았다.

그러나 나무는 흔들릴 뿐이요 뽑혀지지는 않았다. 나무를 뽑고자 하였던 여인은 그 자리에 주저앉았다.

"오호라, 내가 평생 정절이 굳었음을 하늘은 아는 터라. 그런데도 이제 이 나무가 뽑히지 않아 내 정절이 의심을 받게 되었도다. 이렇게 되었으니 차라리 죽는 것만 못하다."

여인은 탄식하고 통곡하였다.

술사는 이 광경을 바라보고 있다가 말했다.

"너무 서러워하지 마시오. 이미 나무가 흔들렸으니 정절은 짐작할 만하오. 한데 행실로는 그러하였으나 혹 마음속으로 무엇인가 의심쩍은 점이 있지나 않았소?"

"……."

"차분히 잘 생각해 보시오."

여인은 잠시 생각에 잠기더니 대답했다.

"짐작 가는 게 있습니다."

"그것이 무엇이오."

"언제였던지, 하루는 대문에 기대서서 망연히 밖을 내다보고 있었습니다. 한데 한 장부가 활을 메고 말을 달려가는데 어찌나 잘 생겼던지 넋을 잃을 정도였습니다. 혼자 속으로 생각하기를 저런 장부의 배필이 된 사람은 얼마나 복이 많은 사람일까 하고 부러운 생각이 들었습니다. 그 후 잊혀지지 않고 가끔 그 장부의 모습이 눈앞에 어른거리곤 하였습니다."

술사가 고개를 끄덕였다.

"바로 그것이오. 정절이 굳기는 하였으나 잠시 그런 올바르지 못한 잡념을 가졌었기에 나무는 흔들리기만 하고 뽑히지 않았던 것이오."

"……."

그 여인뿐 아니라 모두 숙연히 듣고 있었다.

"다시는 그런 잡념을 품지 않겠다고 맹세할 수 있소?"

"예."

술사는 거듭 다짐하였고 여인은 힘 있게 대답하였다.

"그러면 어디 다시 한번 나무를 흔들어 보시오."

여인은 나무 앞에 이르러 하늘을 우러러보고 몸을 떨었다.

"다시는, 다시는 잡념을 품지 않으리라. 그 일은 이 시각부터 완전히 잊으리라."

마치 몸에 묻어 있는 것을 털어 내듯이 몸을 떨고는 성큼 다가가 나무를 얼싸안고 흔들어 보았다. 나무는 흔들흔들하더니 드디어 뿌리가 쑥 뽑혀 쓰러지고 말았다.

"어머나!"

"저런!"

모두 탄성을 울렸다. 임금님은 무릎을 치고는 말했다.

"장하도다. 그대야말로 참으로 둘도 없는 정절이 굳은 여인이로다. 여인이 정절을 지킨다는 것이 이다지도 어려운 줄은 미처 몰랐도다."

임금님은 나무를 뽑은 여인에게 많은 상을 내리고 모든 성안의 여인들에게 거울삼아 본받으라고 당부했다.

윤재상은 이야기를 마치고 딸들을 둘러보았다. 딸들은 고개를 숙이고 다소곳이 앉아, 감명이 깊었던지 감히 기침하는 사람도 없고 숨소리마저 잘 들리지 않았다.

"이것은 한낱 지나간 옛 이야기라고 웃어넘길 것이 아니리라. 거기에도 배울 것은 많으니라."

"……."

"정절을 지킨다는 것이 쉬운 것 같지만, 마음으로부터의 정절이 얼마나 어려운지 조금이나마 짐작이 가겠느냐?"

"예."

"성인이 말씀하시기를 군자는 위태로운 곳에 가지 않는다고 하였느니라."

한참 만에 맏딸이 말했다.

"아버님, 소녀는 오늘 구경을 가지 않겠습니다."

"그래, 잘 생각했다."

　그러자 둘째, 셋째 등도 다 구경 가기를 그만두겠다
고 하였다. 결국, 이 집에서 거리로 나가 남녀가 뒤섞인
속에 휩쓸린 사람은 아무도 없었다.

―《용재총화》 권5

얻은 첩은 제 아내

점도 잘 치고 경도 잘 읽는 장님이 있었다. 용하다는 소문이 자자해서 매일같이 불려 다니다 보니 재물도 단단히 생겼다.

재물이 생기고 나니 객쩍은 생각이 들기 시작하였다.

'초로인생, 이렇게 살 거야 있나? 나도 좀 재미를 보아야지……'

이래서 이웃에 사는 젊은이를 불러 은근히 부탁했다.

"여보게, 내 청이 하나 있는데 들어 주겠나?"

"예, 무엇입니까?"

"어디서 참하고 아리따운 규수를 구할 수 없겠나?"

"옛? 무엇하시게요?"

장님은 씩 웃고는 말했다.

"이 사람아, 무엇하기는…… 내가 소실로 삼으려고 그러지……"

젊은이는 멈칫했다.

"아주머니께서 아시면 어떡하시려고요?"

"염려 없어."

"그랬다가는 저는 큰일 나죠."

"아냐, 걱정 없어. 뒷감당은 내가 할 테니 자네는 규수나 구해 주면되네. 보답은 톡톡히 할 테니 염려 말고……."

"……."

젊은이는 어안이 벙벙하여 대답을 못하였다.

그 후 장님은 거듭거듭 간곡히 청을 하여 젊은이는 승낙하지 않을 수 없었다. 장님이 매일같이 성화를 부리자 젊은이가 얼마 후 그를 찾아갔다.

"규수를 하나 구하기는 했습니다."

"그래 어떤 사람인가?"

"얼굴이 아름답고 몸매가 단정하여 인근에 소문이 자자한 규수입니다."

"허……."

장님은 입이 헤벌어졌다. 앞 못 보는 장님에게 미인이 무슨 소용이겠냐 만 장님은 군침까지 삼키면서 바싹 다가앉았다.

"한데 꽤 까다로운 조건이 있습니다."

"그게 뭔가? 뭐든지 들어 주지. 내가 재물을 아끼겠나, 해 달라는 대로 다 들어 주지."

"바로 그것입니다. 재물을 좀 많이 달랍니다."

"거야 문제없다구……."

"또, 소실로 들어오기는 하지만 떡 벌어지게 잔치를

해야 한답니다.”

“암, 잔치를 해야지. 거 문제없어.”

장님은 모든 조건을 쾌히 승낙하였다.

그는 이날부터 아내의 눈치를 살피기 시작하였다. 아내가 없는 틈을 타서 장롱을 뒤져 밑에 두었던 금은보화를 슬쩍 끄집어내었다. 이것을 앉은 방석 밑에 감추어 두었다가 젊은이가 찾아오자 내 주었다.

“자, 이만하면 되겠나?”

너무 많아 젊은이는 깜짝 놀랐다.

“굉장하군요.”

“내가 이제까지 모은 것 전부네. 그렇게 아름다운 규수라니 내가 어찌 재물을 아끼겠나? 염려 말고 이걸 다 가져다 주게. 그리고 자네에게 보답할 것은 따로 마련하였으니 염려 말고.”

“예.”

“내가 날짜를 잡으니 모레가 길일이야. 그러니 성례는 모레 하기로 하세. 알았겠지?”

“예.”

젊은이는 재물을 받아 가지고 나갔으나 집으로 가져가는 것도 아니고 어느 규수에게 가는 것도 아니었다. 고스란히 그대로 장님의 아내에게 주었다. 처음부터 시원치 않게 생각한 젊은이는 장님의 아내에게 털어놓고 이야기하였던 것이다.

"이 영감쟁이가 환장을 했군…… 그래 어쩌자는 거지?"

"택일을 하니 모레가 길일이라고 성례를 올리도록 하시던데요."

"잘한다."

"어쩌죠?"

"어쩌긴 어째. 내가 얘기하던 대로하면 되지."

"예, 알았습니다."

젊은이는 씩 웃고 나갔다.

택일한 날이 되자 젊은이는 시치미를 딱 떼고 나타났으며, 장님은 점잖게 헛기침을 하고 따라 나섰다. 북까지 든 채 어느 집으로 경을 읽어 주려고 가는 시늉을 하였던 것이다.

젊은이는 장님을 데리고 미리 정해 놓은 집으로 데리고 갔다.

"자, 어서 대청으로 오르십시오."

그리고는 이어서 말했다.

"신부될 규수가 나와 섰습니다. 맞절을 하십시오."

장님은 허공에 뜨기라도 한 듯 연방 신명이 나서 보이지 않는 눈을 껌벅이며 꾸벅 절을 하고 좋아서 어쩔 줄을 몰랐다. 그러나 소실이 될 규수라고 나와 서 있는 사람은 바로 장님의 아내였다. 장님의 아내와 젊은이가 미리 짜고서 하는 수작인 줄 모르는 것은 장님뿐이었다.

  병풍이 둘러쳐지고 원앙금침이 마련된 신방에 들자 장님은 어쩔 줄을 모르고 여인의 등을 어루만졌다.
  "어허, 오늘밤이 무슨 밤인가? 그대와 같은 좋은 사람을 만났으니 평생 잊지 못할 밤이로구나."
  장님은 그저 넋이 허공에 떠서 중얼거렸다.
  물론 신방에 든 여인은 장님의 아내였는데, 향기가 풍기게 분과 기름으로 단장을 하였으며 목소리를 가다듬어 말했다.
  "이러시다가 모르는 체하시면 저는 어쩌죠?"
  "거 무슨 소리인가? 내가 어찌 그대를 잊는다 말인가?"
  "들으니 부인도 잘 생겼다고 하던데요?"
  장님은 고개를 설레설레 내저었다.
  "아예, 그런 소리는 입 밖에 내지도 마라. 그대에 비하면 우리 집 사람이야 어디 문제가 되는가? 음식으로 말한다면 그대는 곰의 발바닥이나 범의 태와도 같도다."
  곰의 발바닥이나 범의 태는 다 천하에 둘도 없이 맛있는 음식으로 손꼽는 것들이다.
  "그러고요?"
  "그러고, 우리 집 사람이야 그저 명아주 잎을 쏭덩쏭덩 썰어 넣고 끓인 죽이나 현미로 지은 밥 같지…… 그저 입이 깔깔할 따름이요 맛이라고는 어림 서푼어치도 없단 말이네."

"……."

"내 오늘 그대를 만난 것은 입에 맞지 않는 음식으로 식성을 버린 사람이, 맛있는 음식을 대하는 것과 조금도 다름이 없다니까……."

장님은 상대가 제 아내라는 사실도도 모르고 단꿈을 꾸었다.

이튿날 장님은 느직하게 일어나 아침을 먹고는 북을 들고 나섰다. 아내가 먼저 집으로 돌아가 이불을 뒤집어쓰고 누웠다.

집으로 돌아온 장님은 더듬더듬하더니 말했다.

"아니, 아직도 누워 있나? 어서 일어나지, 해가 중천에 떴을 거야."

"나는 그렇지만 간밤에는 어디서 주무시고 이제야 오시죠?"

장님은 점잖게 헛기침을 두어 번 하고는 도사려 앉았다.

"저 동대문 안에 김대감 댁 있지? 아나?"

"그래서요?"

"그 댁에서 경을 읽어 달라고 해서 밤새도록 경을 읽어 주고 이제 올라오는 길이지……허, 그 방이 어찌나 차던지 배가 살살 아프네. 어서 일어나 약이라도 좀 달여 줘……."

그러자 아내가 벌떡 일어나 앉았다.

"김대감댁요?"

"응."

"밤새도록 경을 읽었다고요?"

"아, 그렇다니까……."

아내는 일어서더니 손뼉을 딱딱 치며 외쳤다.

"잘한다. 이 영감쟁이가 환장을 했나?"

"뭐, 뭐라고?"

"아니, 그럼 날며들며 명아주 죽이다, 현미밥이다, 거기에다 곰의 발바닥이다, 범의 태다 함부로 주워 먹었으니 배가 살살 아프기도 하겠지!"

장님은 혼비백산하였다. 바로 지난밤에 신방을 꾸미고 노닥거리던 말인지라 기가 차서 말이 불쑥 나왔다.

"그걸 당신이 어떻게 아오?"

"흥, 거기에다 밤새 남의 등이나 어루만졌으니 병도 나겠지. 그러고도 무사해?"

"어? 그럼 그 규수는 바로 당신?"

장님은 그제야 속은 것을 알았으나, 더는 할 말이 없어 뒤통수나 득득 긁고 앉아 있었다.

—《용재총화》 권5

제8화

호색으로 망신

성종 16년에 첨지중추부사인 성현(成俔)을 대표로 하는 천추사(千秋使)가 파견되었다. 천추사는 명나라 황태자의 탄생일을 축하하기 위하여 정례적으로 파견되는 사신이었다.

그런데 이 일행 중 박생(朴生)이라는 자가 끼어 있었다. 박생은 사람됨이 순박하고 태도가 단정한 듯하였다. 평양에 도착하자 이곳 감사가 일행을 위하여 크게 잔치를 벌였는데 거기에는 많은 기생들이 참여하고 있었다.

박생은 감히 얼굴을 쳐들어 기생들을 바라보지도 못하였으니, 누구나 그 사람됨이 그러려니 여겼다.

박생은 한양을 떠나 이곳에 이르도록 품행이 단정하기만 하였다. 그러나 사실은 본색이 음란하기 짝이 없었으나 조심하느라고 억지로 참고 있었던 것이다. 평양에 이르러 많은 기생들을 대하자 본색이 드러나고 말았다.

박생이 동료인 성생(成生)에게 말했다.

"여보게, 저 뱃머리에 앉은 기생이 절색이로군…….
들으니 자네는 이곳 서윤(庶尹)과는 숙질 사이라고 하

니, 나를 위하여 한 번 수고를 아끼지 말아 주게……."

"뭘 어떻게 하라는 것인가?"

"오늘밤 저 기생이 내 방에 들어오도록 주선을 해 주게나……."

성생은 순박해 보이는 박생이 모처럼 하는 청이라 수고를 해 주었다.

그런데 박생은 그 기생에게 빠져서 잠시도 곁을 떠나지 못하게 하고 심지어 화장실에 갈 때도 같이 가야 할 판이었다.

그뿐 아니라 평양을 떠날 때 억지로 그 기생을 데리고 가려고 하였다. 기겁을 한 기생이 틈을 보아 도망치고 말았으니, 일행은 다 박생이 순박해 보이는 것은 꾸밈이 없고 내심 음란한 자라는 것을 알아챘다.

순안에 도착하자 박생은 아주 터놓고 수작을 부리기 시작하였다. 술상을 나르는 계집 중 좀 반반해 보이는 억지로 끌고 방으로 들어갔다. 그 계집은 틈을 보아 달아났는데 박생은 연방 잔을 기울이며 계집들에게 한눈만 팔았다.

"어, 저게 괜찮은데……."

문득 한 계집이 방문 밖을 지나가는 것을 보자, 박생은 술이 취해 비틀거리는 걸음으로 달려 나갔다.

"너, 너 내 말을 들어야 해……."

박생은 불문곡직하고 그 계집을 끌어들이고 불을 껐

다.

밤새도록 노닥거리고는 이튿날 아침 박생은 입이 쩍 벌어졌다. 옆에 누워 있는 계집은 코가 주먹만한 아주 못 생긴 화상이었다. 어제 술이 취해서 잘못 보고 끌어 들였던 것이다.

'어허, 이게 무슨 꼴일까?'

이런 착각에도 불구하고 박생의 버릇은 고쳐지지 않았다. 숙천에 이르렀을 때는 아름다운 기생을 골라 넋을 잃었다. 이곳 부사에게 청하여 다음 머무를 곳까지 데리고 갔다.

이러니 일행 중에서 박생의 소문은 자자하였다.

"사람은 바깥 보기와 내심이 다른 모양이지…… 그 사람이 그 지경일 줄 몰랐는데……."

"사나이치고 계집 싫다는 사람은 없겠으나 이건 너무 하지 않아?"

"누가 아니라나. 한 번 골탕을 먹여야겠는데……."

"암, 버릇을 고쳐 주세."

일행이 정주에 도착하였다. 박생은 여기에서 벽동선(碧洞仙)이라는 기생이 자색이 뛰어났다는 말을 누구에게서 들었는지 염치 불구하고 차지하고 말았다. 일행 중 못 마땅하게 여기던 사람들은 박생을 골탕 먹일 계교를 실행에 옮겼다.

이 고을에 명효(明孝)라는 이름의 초립둥이가 있었다.

나이가 어린 탓도 있으려니와 몸매가 가냘프고 예쁘장하게 생긴 게 여인보다도 더 고왔다. 이런 명효에게 여복을 입히고 그럴싸하게 화장을 시켜서 여러 기생들 사이에 앉혀 놓았다.

"이만하면 그놈이 속을 거야."

"암, 모르면 나도 속겠는데……."

아니나 다를까 박생이 문득 명효를 보고 말했다.

"허, 네 이름이 무엇이냐? 내 많은 계집을 보았으나 너 같은 절색은 처음이니라."

박생은 서슴지 않고 명효의 손목을 잡고 제 방으로 끌고 갔다. 명효는 몸을 꼬는 시늉을 하며 거역하였다.

"야, 너 이렇게 말을 안 들으면 좋지 않을 줄 알아라."

험한 얼굴을 하고 꾸짖기도 했다.

"이봐, 내 말만 들으면 너에게 해롭게는 안 하마……착하지……내 말 들어……."

이렇게 달래면서 끌고 갔다. 나이 많은 기생이 뒤따라오며 시치미를 뚝 떼었다.

"그 아이가 아직 사나이를 모르는 터라 그러하오니 달래서 살살 구슬리십시오."

박생은 옳게 여겨서 명효를 방안으로 끌어들이고 속삭였다.

"네가 내 말만 들으면 한 살림 마련해 주마……."

박생이 막 명효의 옷을 벗기려고 하는데 성생이 밖에 와서,

"여보게, 목사(牧使)께서 잔치를 마련하셨네……."

"나 급한 일이 있네."

"허허, 무엇이 급한지 모르겠으나 우리를 위하여 마련한 자리이니 안 나가면 큰 결례가 되네. 어서 나오게나."

박생은 별 수 없이 나오기는 하였으나 명효의 손을 꼭 쥐고 놓지 않았다. 잔치 자리에 가서도 옆에 앉히고 손을 꼭 쥐고 있었다.

목사도 박생의 꼬락서니가 눈꼴사납고 골탕 먹여 주려는 계교를 알고 있던 터라 슬쩍 훑어보더니 호통 쳤다.

"네 이년! 어이 그럴 수가 있더란 말이냐?"

"……."

"저년을 당장 잡아내어라!"

사령들이 달려들어 명효를 끌어 내리니 박생은 웬 영문인지 몰라서 안절부절못하였다.

"이년! 내 들으니 너는 감히 손님 어른의 분부를 거역하였다면서? 너는 곤장을 맞아 마땅하니라!"

박생은 그제야 대강 사태를 알아차리고 목사 앞에 넓죽 엎드렸다.

"그, 그렇지 않습니다. 저 아이가 제 분부를 거역한

것은 아무것도 없습니다. 목사 어른께서 무슨 말을 들으셨는지는 모르겠으나 이는 전한 사람이 그르게 전한 것입니다. 만일 저 아이에게 곤장을 치시려면 대신 제가 맞겠습니다.”

목사는 가소롭기 이를 데 없었으나 위엄을 갖춘 채 말했다.

“이년 들어라. 이 어른이 이렇게까지 말씀하시니 내 특히 용서하는 바다. 명심하여 잘 모셔라.”

박생은 몇 번이고 절을 하여 명효가 곤장을 맞지 않게 된 것만을 치하하였다. 명효가 제 자리에 돌아와 한 잔 술을 따라서 권하니, 박생은 단숨에 받아 마시고는 명효의 등을 어루만졌다.

“내 모든 기생을 아무리 둘러보아도 너만한 절색은 없구나. 그러니 내가 너를 놔두고 또 누구를 택하겠느냐?”

잔치 자리가 파하자 박생은 명효를 데리고 제 방으로 갔다. 바로 그 앞에는 벽동선과 성생이 서 있었다. 벽동선은 박생이 이곳에 도착하였을 때 갖은 추태를 부려가며 차지하였던 기생이었다. 그런데 박생은 흘낏 쳐다보더니 성생에게 말했다.

“나는 미인을 얻었으니 저런 아이는 소용없어…….”

“허, 그게 무슨 말인가? 자네가 그렇게 애지중지하던 아이가 아닌가…… 그래서 이렇게 자네를 기다리고 있는 중이네……."

"글쎄 나는 필요 없어. 자네가 데리고 어서 가게나."

박생은 뒤도 돌아보지 않고 방안으로 들어가 명효를 얼싸안고 누웠다. 그리고서야 비로소 명효가 사나이라는 것을 알게 되었다.

"아, 아니!"

박생은 단단히 망신을 하였으니, 이튿날 보는 사람마다 히죽히죽 웃었다.

정주를 떠나려고 할 때 명효가 남복을 입고 나타나 박생의 소매를 잡았다.

"밤새 실랑이를 한 정리에 이렇게 떠나실 수 있습니까? 한 살림 차려 주신다더니 그냥 가시렵니까?"

박생은 또 한 번 망신스러웠다. 그러나 버릇을 고치지 못하고 의주에 이르러서도 또 같은 수작을 벌였다.

—《용재총화》 권8

제9화

멋진 임금

조선왕조 제9대 임금인 성종은 여러 가지로 멋을 아는 사람이었다. 그 풍류스러운 이야기 몇 가지를 들어 보겠다.

성종은 특히 유호인(兪好仁)이란 신하를 총애하고 있었다. 유호인이 늙은 어머니를 봉양하기 위하여 경관직(京官職)을 사직하겠노라고 하자 쉽게 윤허하지 않았다. 그러다가 부득이 윤허하게 되자 석별의 정이 아쉬워 몇 잔술을 나누고는 친히 시조를 지어 주었다. 그 시조란 다음과 같으니, 유호인을 감읍하게 함은 물론이요 좌우에 모시고 있던 사람들도 감동하였다.

이시렴 부디 갈다 아니 가든 못할쏘냐
무단히 네 슬터냐 남의 말을 드렀나냐
그려도 하 애달고야 가난 뜻을 닐러라

한 번은 여러 신하들에게 술을 내리고 노래를 듣게 하였다. 이때 영흥에서 온 소춘풍(笑春風)이란 기생에게 술을 따르게 하였다.

"너는 돌아가면서 한 잔씩 술을 따르고 권하는 뜻에서 노래를 한 마디씩 부르도록 하라."

"예."

소춘풍은 왕명을 받들어 술병과 잔을 들어 우선 영의정 앞으로 나아갔다. 소춘풍은 당시 명기로서 이름이 높았으니 이 자리에 참석한 신하들은 거듭 영광으로 알았다.

이 자리에 무신이 한 사람 있었으니 벼슬은 병조판서였다. 은근히 기다리고 있었는데 소춘풍이 그 앞에 오더니 술을 권하고는 노래를 불렀다. 그런데 그 내용인즉 학식 높은 명철군자는 다 어디다 놓아두고 무식한 무부를 이 자리에 앉혔는가 하는 것이었다.

"어?"

병조판서는 분이 치밀었으나 임금 앞이라 감히 내색은 못하고 얼굴이 핼쑥해졌다. 대개 권주의 뜻으로 부르는 노래는 덕담이거나 찬양하는 내용인데 유독 이 분만은 파격적인 것이 되었다.

그러니 당사자는 물론이요 다른 사람들도 눈이 둥그레졌으며 성종도 숨을 죽이고 지켜보았다. 소춘풍은 조금도 당황하지 않고 웃음을 띤 채 말했다.

"앞서의 말은 제가 잠깐 장난으로 한 것입니다. 제 말이 잘못이었으니 다시 한 번 들어보십시오."

　그리고서 노래를 부르는데 그 내용이란 씩씩한 무부를 찬양하는 것이었다. 그것만이 아니라 연달아 비슷한 내용의 노래를 세 번이나 불렀다.

　영의정 앞에서도 노래를 한 번만 불렀는데, 세 번씩이나 부른다는 것은 특별 대우였다. 당사자인 병조판서는 화를 풀고 고개를 끄덕이기까지 하였으며 누구나 빙긋이 웃고 바라보았다.

　성종은 기특하게 여겼다.

　"네 재주가 대단하다. 한 번 흔들어 놓고서 어루만지는 투가 과연 명기라는 소문이 헛되지 않구나. 내 너에게 후한 상을 주리라."

　성종은 소춘풍에게 많은 비단과 호랑이 가죽 등을 주었다. 그 상이 어찌나 많았던지 소춘풍이 혼자 가지고 갈 수 없어 여러 사람들이 날라다 주었다고 한다. 이런 일이 있은 후 소춘풍의 명성은 더욱 나라 안에 자자하였다.

　성종은 신하들에게 술을 내리기도 잘하였고 멋진 대접도 잘하였다. 어느 날 밤에는 승지들에게 술을 내리고 취하도록 마시게 하였다. 승지들은 사양하지 못하고 술을 마셔 누구나 곯아 떨어져 잠이 들었다.

　"게 누구 없느냐?"

　성종의 부름에 따라 내시가 대령하였다.

　"저 각대(角帶)를 모두 풀어라!"

내시는 편히 자게 하려는 배려에서인가 싶어 어명대로 하였다. 그런데 성종은 언제 마련하였던지 다른 각대를 내어 주는 것이었다.

"대신 이 각대를 띄워 주라."

"예."

"그리고는 한 사람씩 밖으로 내보내 편이 쉬게 하여라."

"예."

내시는 한 사람씩 부축하기도 하고 업어 내기도 하여 편히 쉴 수 있게 다른 전각으로 옮겼다.

이튿날 새벽같이 승지들을 들라는 명령을 내렸다. 곯아 떨어졌던 승지들은 술이 덜 깬 채 황망히 대령하였다. 그제야 비로소 자신들의 각대가 바뀌어져 있다는 것을 알았다. 더구나 자기들은 은장식 각대를 띠는 신분이었는데, 지금 띠고 있는 것은 금장식이었다.

"어, 이게 웬 일일까?"

"무엄한 짓을 범하였구나."

그러나 사태는 이미 어쩔 수 없었다.

이 사태를 안 언관(言官)은 자세한 사정도 모르면서 무엄한 행동을 벌주십사고 들고일어났다.

성종이 껄껄 웃었다.

"벌 줄 것이야 있는가? 이미 금장식 각대를 띠었으니 그에 상응하는 신분을 주겠다."

이래서 승지들은 종2품 가선대부의 신분을 얻었다.

한 번은 대사헌이 된 권이라는 사람이 상소하였다.

"지금 정언(正言) 벼슬에 있는 아무개는 행실이 올바르지 못하느니 벼슬을 깎아 마땅합니다.

성종이 권을 불러 그 까닭을 물었다.

"그대의 지위가 대사헌이니 마땅히 규찰하는 책임을 띠고 있도다. 이번에 규탄하게 된 것은 무슨 연고에서인가?"

"예, 이 자는 풍속을 어지럽힌 자입니다. 일찍이 그 아비가 죽어 초상을 치러야 할 때가 있었습니다. 자식된 도리에 응당 애통해 하고 장사지내는 일에 전념하여야 하겠거늘, 이 자는 감히 그 기간 중에 관기와 정을 통하였습니다. 그러니 어찌 그러한 자를 정언이라는 맑은 자리에 앉혀 두겠습니까?"

성종은 잠시 생각에 잠겼다.

"그게 언제 일인가?"

"그 자가 과거에 급제하였을 무렵의 일입니다."

"허허, 그러면 꽤 오래 된 일이로다."

"예."

"한데 그대는 어찌 상세히 알고 있는가?"

초상을 치르는 마당에서 터놓고 관기와 술자리를 벌였을 까닭은 없겠고, 정을 통한 일은 어떻게 아는지 궁금하였던 것이다.

"예, 지난 날 신이 연위사가 되어 안주에 오래 머물러 있은 적이 있었습니다. 그때 평양의 서윤 벼슬에 있던 자의 자식이 바로 지금 문제시되어 있는 정언입니다. 그때 평양 사람한테서 그러한 일이 있었다는 이야기를 듣고 몹시 괴이쩍고 한심하게 생각했었습니다."

"이는 알아볼 노릇이니라."

성종은 권이 들었노라 는 이야기를 한 사람을 잡아들이게 하였다. 그 사람에게 또 직접 보았는가, 누구에게서 들었는가를 따지게 하였다. 이렇게 거슬러 올라가니 이미 죽은 사람도 있고 사실을 명확히 알아내기는 어려웠다.

성종은 이 사건을 끝까지 따지기를 포기하고 권을 불렀다.

"이는 이미 오래 되어서 자세히 알 수 없도다. 또 사실이 그러하다고 하면 불효한 일이겠으나 그 이상의 죄는 되지 않으니, 시일이 오래 지난 뒤에 거론할 것은 못된다. 그대가 대사헌이 되어서 처음으로 하는 일이 남의 오래 되고 숨기고 싶은 일을 굳이 들추어내어 허물 잡고자 한다면 이는 큰 인물이 할 일이 아니로다."

"예."

권은 자신의 올바르고 꿋꿋함을 보이려 하다가 오히려 책망을 들었다.

성종으로서는 덮인 지난 일을 들추어내기 시작하다가

는 공연한 풍파만 일으키는 풍조가 생길 까봐 염려되었던 것이다. 그리고 시기가 나쁘기는 하였으나 관기를 희롱하였다는 것이 탓할 것만은 못 된다고 여겼다.

어쨌든 권은 성종의 눈 밖에 나서 평생 신분 상승은 못하였다. 그러나 정언은 조마조마하고 근신하여 높고 맑은 벼슬을 여러 번 역임하였다.

이것도 성종이 멋을 알고 일 처리를 근사하게 할 줄 알았다는 한 증좌가 되는 사건이다.

—《오산설림초고》

제10화

부인을 속이는 꾀

수양대군이 단종을 내몰고 임금이 되었으니 이분이 바로 세조인데, 이 일에 공이 많은 사람들에게 정난공신의 칭호를 주었다. 그 공신 중에서도 특히 공이 두드러진 사람에게는 일등의 영예가 주어졌으니 거기에는 권남(權擥)과 한명회(韓明澮)가 끼어 있었다.

권남은 교리(校理)라는 벼슬로서 왕명에 의하여 ≪역대병요≫라는 책을 편찬한 일이 있었다. 이때 수양대군도 이 일에 가담되어 있어 이것을 기회로 권남과 수양대군은 서로 가까워졌다. 그리고 한명회는 권남이 수양대군에게 소개하여 심복이 되었다.

어쨌든 권남과 한명회는 어릴 때부터 막역하게 지내는 친구였다. 자주 왕래하고 무엇이나 어려운 일이 있으면 서로 상의하여 처리하곤 하였다.

그러던 어느 날 한명회가 찾아가니 권남은 자못 심각한 얼굴로 말했다.

"내게 꼭 풀어야 할 소망이 한 가지 있는데 자네가 좀 도와주겠나?"

“그야 나하고 자네 사이가 아닌가? 무엇이나 내 힘자라는 데까지는 거들어 줌세. 그래 무슨 일인가?”

“우리 집에 종(鍾)이란 이름의 계집종이 있는 것을 아나?”

“글쎄? 어서 얘기나 해 보게.”

“고것이 지금 나이 이팔이고 자색이 뛰어났으며, 또 총명하기가 이를 데 없단 말이네…….”

그러자 한명회는 벌써 말귀를 알아듣고는 빙긋이 웃었다.

“알겠네. 그 계집종에게 마음이 있단 얘기지?”

한명회가 껄껄 웃었다.

“허, 거 무슨 문제인가? 사나이 자식이 제 집에 있는 계집종 하나둘 건드리기로서니 무슨 탈이 있는가? 그게 어렵다고 나에게 상의인가? 아니 그래, 자네 집 계집종을 나더러 손목이라도 잡아서 자네 앞에 데려오란 말인가?”

권남은 한숨을 쉬었다.

“거 그렇게 쉬우면 얼마나 좋겠나? 한데 그렇지가 못하니 탈이지……”

“왜, 그년이 앙탈을 하던가? 나더러 우격다짐으로 말을 듣게 해 달라는 것인가? 그거야 자네가 할 탓이지 내가 관여할 일이 아니네.”

“아니, 아직 그 아이에게는 눈치도 보이지 않았네.”

"뭐야? 그럼 생각이 있으면서도 끙끙 앓아 상사병이 걸리기라도 하였단 말인가? 계집종 대하기를 양가집 규수를 대하듯 하였더란 말인가?"

한명회는 우습다는 듯 조롱하였으나 권남은 여전히 심각했다.

"문제는 그 아이가 아니고 우리 집 안사람이네……."

"알겠어. 내주장 앞에 꼼짝을 못해서 감히 내실이 무서워 어쩌지 못한다는 말이렷다."

"웃을 일이 아니네……."

결국 권남은 부인의 질투가 무서워서 생각을 행동에 옮기지 못한다는 것이었다. 한명회는 잠시 생각에 잠겼다.

"그야 쉽지. 우선 자네가 시름시름 앓는 시늉을 하고 자리에 눕게나……."

"그리고는?"

"그 다음은 내가 알아서 하겠네."

권남은 한명회를 철석같이 믿는 터라 꾀병을 앓기 시작하였다. 부인을 비롯한 식구들은 영문을 몰라 쩔쩔 매었다.

한명회는 걱정이 되는 듯 매일 드나들며 병구완을 하는 시늉을 하였으며, 비접(避接)을 나가야 한다고 서둘러 자기 집 가까이에 집을 얻어 옮겨 있게 하였다. 예전에는 환자가 생기면 기거하는 곳을 임시로 옮기게 하는 방법이 있었으니 이것을 비접이라 하였다. 권남의 부인은 남편의 병이 걱정되었으나 양반집 아씨가 함부로 밖에 나갈 수도 없어 뒤치다꺼리를 유모에게 맡기고는 마음만 태우고 있었다. 유모의 딸이 바로 문제의 계집종이었다.

한명회는 밤에 권남에게 괴화탕을 보냈다. 이것은 홰나무 꽃으로 만들었는데 빛이 누랬다. 이것을 마시지 말고 온 몸에 바르라고 하였으니, 몸이 누렇게 떠서 황달병이 걸린 것같이 보이게 하기 위함이었다.

이튿날 한명회가 권남이 누워 있는 곳에 가 보니 마침 계집종의 어미가 와 있었다. 한명회는 들어가 보고 나와서 흐르는 눈물을 닦는 시늉을 하였다.

"어허, 아까운 친구가 죽게 되었도다. 내 병색을 보니 명이 경각에 달렸네."

계집종의 어미는 그 말만 들어도 눈물을 흘렸다.

"안타까운 노릇. 내 꼭 신묘하게 들을 약을 알기는 하나 말할 수 없으니 답답하도다."

그러자 계집종의 어미가 바싹 다가섰다.

"그것이 무엇입니까?"

"알면 그대로 하겠는가?"

"주인 나리께서 쾌차하시기만 한다면야 무슨 약이든 못 구해 오고 못 쓰겠습니까? 아시거든 가르쳐 주십시오."

"꼭 내 말대로 하겠는가?"

"예 아무리 어려운 일이라도 하겠습니다."

한명회는 여러 번 머뭇거리는 시늉을 해보였다.

"내 맥을 짚어 보고 병색을 살펴보니 이는 속의 심화가 밖으로 나와서 황달이 된 것이네. 그리고 그 심화란 다른 게 아니고 마음속에 바라는 게 있으면서도 감히 말을 못해서 병이 된 것이지……."

"소원을 푸시면 병환이 나으신다는 말씀인가요?"

계집종의 어미가 다급하게 물었다.

"그렇지."

"그게 무엇입니까? 제가 아씨께 여쭈어서 꼭 풀어 드리게 하겠습니다."

"이건 아씨보다도 자네가 더 알아서 하여야 하네."

"예?"

한명회 헛기침을 했다.

"보아하니 저 친구가 젊은 여인을 생각하는 것이 어느덧 쌓여서 저 꼴이 되었네. 자네도 알다시피 저 친구는 전연 젊은 여인 가까이에는 간 적도 없고 옆에서 쳐다본 일도 없지. 그러니 저 친구의 눈에 띈 젊은 여인이라면 내가 생각하기에 아마도 집에 있는 계집종, 그러니 자네의 딸자식인 것 같은데……."

계집종의 어미는 입이 쩍 벌어지게 놀랐으나, 주인의 목숨을 구하는 방법이라는 데야 더 머뭇거릴 수가 없었다.

"그러면 제 딸자식을 나리께 바치면 병환이 쾌차하시겠습니까?"

"암. 우선 급한 대로, 잠자리를 같이 하지 않더라도 서로 대면하고 가까이에 있는 것으로도 위험한 고비는 좀 넘길 것 같네……."

"……."

한명회는 또 땅이 꺼지게 한숨을 몰아쉬었다.

"그러나 틀렸어. 내 들으니 그 댁 아씨가 강짜가 대단하다고 하던데…… 그러니 어디 되기나 할 말인가? 저 친구가 살아나기는 영 틀린 일이지……."

"어찌 나리의 목숨과 바꾸겠습니까? 제가 주선을 하겠습니다."

계집종의 어미가 급히 돌아가서 권남의 부인과 상의하였다. 권남의 부인으로서는 참으로 뜻밖의 소식이었다. 그런데 유모인 계집종의 어미가 제 딸을 내놓겠다고 자청하고 나서고, 그 길 밖에는 도리가 없다는 데 더 머뭇거릴 수가 없었다. 평시의 강짜 따위는 다 사라지고 말았다.

결국 택일하여 계집종을 권남에게로 보내기로 되었다. 이날 한명회가 권남에게 물었다.

"자 어떤가? 이만하면 되었는가?"

"고마워, 자네의 은혜 다 잊지 않겠네."

"오늘 그 아이가 이리로 온다는군……하지만 자네는 사경을 헤매고 있는 병자로 되어 있으니 너무 서둘지 말게나. 지나치게 기쁜 내색도 보이지 말고……."

"알았네."

이튿날 찾아온 한명회가 물었다.

"그래 어땠는가?"

"내 것으로 만들었네."

"병자가 그 따위 짓이나 하면 몸에 해롭네……."

"아니, 내가 언제 무슨 병을 앓았기에……."

두 사람은 껄껄 크게 웃었다.

—《청파극담》

얼빠진 영감쟁이

　고려 때 나주 고을에 서기로 임명되어 온 사람으로 정통(鄭通)이란 사람이 있었다. 그는 개경에 식구를 남겨 놓고 단신 부임해 왔다. 개경을 떠날 때 자리가 잡히는 대로 식구를 데려가거나, 그렇지 못하면 인편에라도 양식과 땔감을 장만할 경비를 보내기로 단단히 약조하고 나섰었다. 그런데 임지인 나주 고을에 도착하여서는 그러한 생각은 깨끗이 잊고 말았다. 이곳에 와서 관기인 소매향(小梅香)을 알았기 때문이었다. 소매향은 반반하게 생겨 정통의 넋을 빼앗기에 넉넉하였고, 개경에 있는 식구 따위는 그의 염두에서 사라지고 말았다. 결국 버젓하게 소매향과 살림을 차렸다.

　"어허, 내가 너를 만나기 위하여 여기 나주 고을에 왔나보구나. 내가 너를 이제야 만난 것이 한스러울 따름이다. 어찌 다시 헤어지는 일이 있겠느냐……."

　정통은 소매향의 치맛자락에서 헤어나지 못하였다.

　"이러시다가도 훌쩍 떠나시면 그만 아니겠어요?"

　"아니다. 나는 여기서 떠나지 않으련다."

"그게 생각하시는 대로 되나요?"

"만일 떠나는 일이 생기면 너를 데리고 가지. 어찌 내가 너를 두고서야 떠나겠느냐?"

꿀같이 달기만 한 나날이 지나는 동안 두 사람 사이에 아이가 태어났다. 정통은 더욱 소매향을 애지중지하였다.

그러나 이런 일은 오래 계속될 수 없으니, 정통은 임기가 끝나 개경으로 돌아가게 되었다.

'이거 큰일이로구나.'

개경으로 돌아가면 누구나 기뻐하겠지만, 정통은 큰 변이나 생긴 듯 사색이 되었다.

정통은 소매향의 손을 잡고 한바탕 통곡 하였다.

"내가 나주 고을에서 천 년 만 년 살려고 하였었는데, 이제 이 지경이 되었구나……."

돌아가는 길에 소매향을 데리고 갈 수는 없었다.

"내가 개경에 간들 어찌 너를 잊겠느냐? 더구나 자식도 생긴 터가 아니냐? 내가 먼저 가서 곧 너를 데려 가겠다."

"지금이니까 그러시죠. 개경에 가시고 마나님 만나시면 저 같은 건 잊으실 걸요……."

"아니다. 내 하늘에 맹세하고 꼭 너를 데려가겠다."

"참말이십니까?"

"암, 어찌 다른 뜻이 있겠느냐?"

　이렇게 울며불며 이별하고 정통은 내키지 않는 걸음을 떼어놓았다. 그러니 눈에 보이는 것도 없고 구미가 떨어져 제대로 음식도 들지 않은 채 그저 바보같이 북으로 북으로 갔다.

　얼마를 가서 한 마을에 묵게 되었다. 그곳에는 바로 친한 벗이 살아 그 집 신세를 지게 되었는데, 주인은 눈이 둥그레졌다.

　"아니, 자네 신색이 말이 아니군. 어디 아픈가?"

　"응? 아니……."

　정통은 힘없이 대답하고는 한숨을 몰아쉴 따름이었다.

　"허허, 나주 고을에 가 있다가 병을 얻은 모양이로군……."

　"아냐!"

　"여기서 좀 쉬어 가게. 약첩이나 달여 먹고 기운을 차려야 가지. 그래 가지고서야 어디 무사히 가겠나?"

　"아니라니까……."

　주인은 연방 혀를 차고 있는데. 마침 밖에서 하인이 아뢨다.

　"저……산 너머 암자에서 스님이 오셨습니다."

　"그래? 생각보다 일찍 왔구나……."

　"스님이 말을 타고 오셔서 아마 빠른 모양입니다. 말이 아주 든든해 보입니다."

"내 곧 나가 보마."

주인이 정통에게 말했다.

"내 좀 나가 보고 올 테니 잠시 기다리게나."

정통은 정신이 번쩍 드는 듯 고쳐 앉았다. 중이 왔다는 것이 신기할 것은 없었으나 중이 말을 타고 왔다는 하인의 말에 귀가 번쩍 틔었다.

주인이 나간 뒤 슬며시 방을 빠져 나온 정통은 대문 밖으로 나가 보았다. 과연 윤이 흐르고 건장한 말이 한 필 있었다.

"이것만 있으면……."

정통은 중얼거리며 말에 올라 채찍질을 하였다. 그리고는 나주를 향하여 바람같이 달려갔다. 주인에게 작별 인사 따위 하지 않음은 물론이요, 누구에게 들킬까봐서 허겁지겁 달아났다. 단숨에 달리기는 하였으나 나주에 이른 것은 밤도 깊어서였다. 곧장 소매향의 집으로 갔다. 아직 등잔불이 켜져 있고 두런두런 말소리가 들려 왔다.

"그 어른께서는 지금 어디쯤 가셨을까?"

그것은 분명 소매향의 목소리였다.

"멀리까지 가셨겠지…… 너를 데려가겠다고 하셨으니 꼭 참고 기다려 봐라."

타이르는 듯 소매향의 어미의 목소리도 들려 왔다.

정통은 격한 감정을 억누르지 못하여 방문을 열고 안

으로 들어섰다.

"나다, 나야……내가 돌아왔다."

그리고는 또 통곡을 하였다.

정통과 소매향은 다시 만나 기뻐서 어찌할 바를 몰랐으나 이러고만 있을 수는 없었다. 우선 고을 사람들이 정통이 다시 돌아왔음을 알면, 꼴이 말이 아니요 정통의 앞날은 결딴이 날판이었다.

"내가 너를 잊지 못하여 다시 돌아오기는 하였으나 여기서 머뭇거릴 수는 없다. 그러니 너는 나하고 같이 떠나자."

"같이요?"

"암. 내가 먼저 개경에 가서 너를 데려가려 했었는데 아예 같이 떠나자. 이젠 네가 나하고 같이 떠난 것을 알 사람도 없겠거니와, 또 말이 있으니 쉽게 갈 수 있을 거다."

"그럼, 곧 떠나죠……."

"그래, 그래……."

날이 밝기를 기다려 정통은 소매향을 거느리고 떠났다. 소매향만 말에 태우고 아이는 제가 업고서 말고삐를 잡았다. 참으로 가관인 꼴이었으나 정통은 희희낙락 어깨춤이 절로 나는 모양이었다.

"아기는 제가 업고 가겠으니 이리 주세요."

소매향은 미안쩍어서 몇 번이고 말하였으나, 정통은

고개를 저었다.

"아니다. 말을 타고 먼 길을 가야 하는 것만도 괴로울 터인데 어찌 아이까지 업고 가겠느냐? 아이는 내가 이렇게 업고 갈 것이니 염려 마라. 아이도 내가 업고 가는 것이 좋은 모양이다."

정통은 신명이 나는 듯 업은 아이를 들썩들썩하니 아이는 까르르 웃으며 손을 저었다. 정통도 덩달아 히죽히죽 웃었다.

한편 개경에 있던 정통의 부인은 살림이 말이 아니었다. 철석같이 약조를 하고 떠난 정통에게서 아무 소식이 없었다. 간신히 알아보니 젊은 관기에게 빠져서 살림을 차리고 있다는 것이었다.

"후유……."

나오느니 한숨뿐이요, 소식이 있기를 이제나저제나 하고 기다렸으나 감감하고 날이 갈수록 살기만 어려워졌다. 이제는 뒤주 바닥이 드러나고 땔나무도 없었다.

'내가 질투를 하는 것은 아니다. 우선 입에 풀칠을 할 수 없으니 어쩌랴?'

부인은 생각다 못하여 일단 친정으로 가기로 하였다. 보잘것없는 짐을 꾸려 하인에게 걸머지게 하고 계집종을 앞세워 친정까지 고달프게 걸어가고자 나섰다. 얼마를 가는데 계집종이 손가락질을 했다.

"저길 좀 보셔요."

　부인이 바라보니 한 여인이 말을 타고, 그 말고삐를 잡은 사나이는 아이를 업고 있었다.

"저 어른이 우리 댁 나리 같은데요?"

"뭐야?"

어이없는 노릇이었다. 그러나 정통임에 틀림없었다.

양쪽이 가까워지자 부인이 내뱉었다.

"흥 좋다. 영감쟁이가 얼이 빠졌군. 그 꼴 한 번 볼 만하다."

　정통은 그제야 깜짝 놀라 쳐다보니 제 아내인지라 뒤통수를 긁적였다.

"아냐. 나는 그저 장난으로 이래 보는 거야. 다른 뜻은 없다고……."

—《역옹비설》 前集

제12화

신분에서 온 비련

선비 집안의 도령으로서 성균관에서 글공부하는 안윤(安綸)이라는 젊은이가 있었다. 이 젊은이는 어찌어찌하다가 양주 고을에 사는 한 처녀를 알게 되어 아내로 맞아들이고자 하였다. 처녀의 집안에서는 감지덕지 대단히 기뻐하였다.

"우리 같은 천한 집안에서 양반 사위를 맞다니, 더없이 경사이고 대대로 내려가며 자랑거리가 되겠습니다."

이 집안이 양주에서 제일가는 부자이기는 하였으나 신분이 천하기 때문이었다. 원래 이 집안은 하성부원군 집 하인이었다. 그 후 종의 신분을 면하고 양주에서 농사를 지었는데 차차 재물이 모여 한다하는 갑부가 된 것이다. 그러나 종이었다는 신분은 아주 말살되는 것은 아니어서, 지금도 천한 사람으로 자처하고 있고 하성부원군을 깍듯이 상전으로 섬기고 있는 처지였다.

하성부원군은 이름이 정현조(鄭顯祖)이고 의숙공주의 남편이니 세조의 부마이다. 두 번이나 공신의 칭호를 받고 부원군이 된 세도가 당당한 집안이었다.

처녀의 집안과는 달리 안윤은 별로 신분에 구애되지 않았다.

"그 부모가 종이었으면 어떻단 말인가? 아내로 삼을 당사자인 내가 무방하다면 되는 노릇이 아니겠는가? 더구나 그 집안에서는 신분이 높다 하여 떠받들어 주니 내가 톡톡히 귀함을 받게 되겠지……."

그러나 일은 당사자의 생각대로 되는 것은 아니었다. 이 소식을 들은 하성부원군은 노발대발하였다.

"이런 고약한 놈이 있나! 제가 그래 종의 처지를 잊고 양반 사위를 얻어? 돈푼깨나 모았다고 이렇게 방자해질 수가 있나? 양주에서 살게 내버려 두고는 있지만 그놈은 우리 집 종이니 함부로 내 비위를 거스르는 짓은 못하리라."

하성부원군은 하인을 불러 명령하였다.

"당장 양주에 가서 그놈과 그놈의 딸년을 잡아오너라."

이렇게 되면 감히 명령을 어길 수 없었다. 처녀와 처녀의 아비가 당장 잡혀왔다.

"이놈! 네가 감히 요사한 짓을 하고자 하였으니 벌을 받아 마땅하리라."

처녀의 아비는 무릎을 꿇고 그저 죽여주십사 엎드려 있었다.

"이놈! 그러나 네가 그간 충직하였던 것을 감안하여

엄한 벌은 내리지 않겠으나 그따위 망발은 아예 마라."

"……."

"알아듣겠느냐?"

"예."

"저년에게는 내가 알아서 짝을 지어 주겠다. 우리 집에 있는 홀아비 종중에서 마땅한 놈을 골라 서방을 삼을 것이니 그리 알란 말이다. 딴 뜻이 없으렷다."

"예."

처녀의 아비는 별 수 없이 응낙하였다.

하성부원군은 이번에는 처녀에게 말했다.

"이년! 방자하구나. 네 년이 좀 반반하다고 하늘이 무서운 줄 모르는 모양이구나, 오늘부터 너는 여기에 있거라."

결국 처녀는 갇히는 몸이나 다름없게 되었고, 처녀의 아비는 혼자서 양주로 돌아갔다.

처녀는 매일 울음으로 보냈다. 그 정경이 딱해서 다른 계집종들이 주선하여 잠시 담을 넘어 밖으로 나가게 해 주었다. 안윤과 작별 인사라도 시키자는 것이었다. 안윤에게는 미리 연락하여 담 밖 오막살이에서 기다리게 하였다.

"날이 밝기 전에 돌아와야만 해……그렇지 않으면 우리가 모두 혼이 날 것이니 틀림이 없어야 해……."

단단히 다짐을 받고서 담을 넘어 밖으로 나간 처녀는

안윤을 만나게 되었다.

오래간만에 둘이 만났으나 할 말은 없고 그저 눈물만이 앞을 가렸다. 둘은 손을 마주 잡고 한참 통곡을 하였다.

"도령님, 저는 죽어서 귀신이 되어도 도령님만을 따르겠습니다."

"그게 무슨 소리인가? 사위스럽게……."

"이 지경이 되어서 사느니보다는 차라리 죽는 게 낫겠어요."

"너무 울지 마오."

안윤도 가슴이 메어지는 것 같았다. 아내를 삼으리라 굳게 맹세했던 처녀가 종에게 주어지다니 같이 죽고 싶었다. 한낱 성균관에 다니는 유생에 지나지 않으니 세도가 당당한 하성부원군과 맞설 수는 없었다. 그러니 그저 하성부원군이 원망스럽고 저주스러웠으나 어쩔 도리가 없었다.

슬픔 속에서 작별하고 처녀는 날이 밝기 전에 다시 담을 넘어 들어갔다.

'이것이 영 이별이로구나…….'

안윤은 다시 한번 가슴을 치고는 처녀가 넘어 들어간 담을 언제까지나 넋을 잃고 바라보고 있었다.

하성부원군은 종중에서 하나를 골라 양주에서 온 처녀를 주겠노라고 하였는데 그 날짜가 다가왔다.

그 전날 밤 처녀는 빈방을 찾아 들어가 아무도 몰래 목을 매었다.

'내가 살아서 무엇 하나. 나는 죽더라도 도련님을 따라야만 하지.'

눈물을 뿌리고 대들보에 목을 매어 스스로 목숨을 끊었다.

이 일이 알려지자 하성부원군은 다시 한번 욕을 하였다.

"저런 고얀 년 보았나. 제 년이 신분을 망각하고 목숨을 끊어? 그 따위 년은 죽어서도 지옥으로 가리라."

그러나 다른 계집종들은 제 일인 양 슬퍼하였다.

"가엾어라. 차라리 잘 죽었지……."

"종의 신분으로 태어난 것이 원수지……그러고 사느니 죽는 게 낫다고……잘 생각했어."

"암. 그러나 다 피지도 못하고 죽은 것이 안타깝군."

안윤도 처녀가 죽었다는 소식을 들었다.

"오호라. 세상에 이런 일이 있나? 생사람을 죽게 하였군……."

그러나 달려가 볼 수도 없었다.

안윤 따위가 감히 하성부원군 집에 들어갈 수도 없고, 또 갔다가는 내쫓기거나 붙잡혀 욕설이나 얻어먹을 것이 뻔했다.

'신분이라는 게 무엇이기에? 남에게 매여 있다는 게

이다지도 사람의 애간장을 녹이는구나. 차라리 나도 종
놈으로 태어났더라면 이런 일은 없었을 것을…….'

성균관에 나가도 책이 머리에 들어오지는 않고, 그저
멍하니 앉아 한숨이나 쉬다가 돌아오곤 하였다.

그러던 어느 날. 밤이 깊어서 역시 성균관에서 집으
로 돌아오는 길에서의 일이었다. 밤은 깊었는데 길에
행인은 없고 가을바람만 심사를 어지럽히고 달은 산허
리에 걸려 있었다.

'지금쯤 그 처녀는 어찌 되었을까? 눈을 감지 못하고
죽었으니 고혼도 편히 쉬지 못하고 있을 거야…….'

생각하느니 처녀의 일뿐이었다. 조그마한 고개를 넘
는데 옆 솔밭에서 신 끄는 소리가 들려 왔다.

'이 밤중에 누가?'

무심히 바라보던 안윤은 섬뜩 놀랐다. 솔밭에서 나와
이리로 걸어오는 것은 분명 죽은 처녀였다. 죽은 사람이
다시 살아서 올리는 없으니, 분명 헛것을 보고 있거나
귀신을 만났음이 분명하였다. 그러나 안윤은 내색을 하
지 않고 반가이 달려가 손을 잡았다. 오매불망하던 터라
그러한 분별을 잠시 잊었다.

"어떻게 이곳에 왔지?"

"……."

처녀는 아무 대답이 없고 그저 쓸쓸하게 웃어 보일
따름이었다.

"용하게 빠져나왔군……얼마나 보고 싶었다고……이
제는 다시 돌아가지 마라. 우리 둘이 어디 먼 곳으로 달
아나서 단란하게 살자……."

"……."

처녀의 모습은 저절로 사라져 버리고 우수수 바람만
스쳐갔다.

안윤은 털썩 주저앉아 통곡하였다.

'죽어서도 잊지 못하여 나타났구나……나도 가야지.
혼자 살아 있어 무엇 하는가.'

집으로 돌아간 안윤은 얼이 빠져서 멍하니 누워 있기
만 하였다. 그 후로 입맛이 떨어져 끼니를 제대로 먹지
도 못하고 간간이 헛소리를 하더니 처녀의 뒤를 따르듯
죽어 버렸다.

—≪청파극담≫

제13화

벼락 맞고도 살아난 재상

　옛날에 한 재상이 있었는데 그에게는 고약한 버릇이 있었다. 한 계집종에게 마음을 두고 밤이면 슬며시 그 방으로 기어들곤 하였다. 낮에는 거들떠보지도 않았으며 저녁까지만 해도 거들먹을 떨고 도도하기만 하였다. 밤이 되고 자리에 누울 때까지만 하여도 다른 내색은 조금도 없었다. 그러나 자리에 누웠다고 자는 것은 아니고 눈은 말똥말똥하고 귀는 쫑긋하여 옆에 누운 부인의 기색만 살폈다. 그러다가 부인이 잠든 기색만 있으면 부스스 일어나 도둑고양이같이 방을 빠져나갔다. 그리고는 슬며시 중문을 나서서 계집종이 있는 방으로 숨어 들어가곤 하였다. 이런 일도 여러 번 거듭되다 보니까 부인이 눈치를 채게 되었다.

　하루는 부인이 돌아누워서 잠든 시늉을 하고 코를 골기까지 하였다. 물론 눈은 크게 뜨고 동정만 살피고 있었다. 재상은 쥐죽은 듯 누워 있더니 슬며시 고개를 쳐들어 부인 쪽을 기웃거렸다. 그러다가 코 고는 소리에 안심이 되는 듯 일어나 소리 없이 방문을 열고 밖으로 나섰다. 부인도 일어나 그 뒤를 따랐다.

부인이 뒤 따르고 있다는 것을 꿈에도 모르고, 재상은 뒤도 돌아보지 않고 중문을 나서 계집종의 방으로 들어갔다. 부인은 바싹 다가서서 무슨 수작을 하는가 귀를 기울였다. 계집종은 곤하게 잠들었다가 재상이 얼싸안는 서슬에 눈을 뜨고는 귀찮고 졸립다는 듯,

"왜 또 오셨어요?"

"허허, 그게 무슨 소리……내가 너를 어루만지지 않고야 어디 잠이 오느냐 말이다."

"찰떡같은 부인을 방에 놔두시고 왜 하필이면 보잘것 없는 쉰네에게 오십니까?"

"그게 그렇지 않느니라. 찰떡이 좋을지 모르지만 산나물 김치도 또한 개운하고 잊을 수 없느니라."

"……."

"너는 꼭 산나물 김치의 맛이란 말이다."

부인은 더 들을 수 없어 돌아서 버렸다. 안방으로 돌아간 부인은 잠을 이루지 못하고 뒤척이고 있으니 얼마만에야 발소리가 들려왔다.

'흥. 이 양반이 이제야 들어오는군…….'

한데 그 발소리는 뚝 끊어졌다. 괴이쩍게 여겨 살며시 문틈으로 내다보니 재상은 댓돌에 걸터앉아 있었다.

'아아니, 저 양반이? 계집종을 좋아하다가 실성을 하셨나?'

잠시 후에 재상은 벌떡 일어나서 대청으로 올라섰다. 부인은 급히 자리로 돌아가 누웠다. 재상은 방문을 열고 들어서며,

"어허, 날씨가 아직 차군······."

어쩌구하면서 이불 속으로 들어왔다.

"어디를 다녀오세요?"

"당신 잠이 깨었소?"

"······."

"무엇을 잘못 먹었는지 어떻게나 배가 아픈지 혼이 났소."

"배가 아프세요?"

"그렇다니까. 배가 아파서 이제까지 변소에 있다가 오는 길이요. 변소에 오래 있다 보니 어찌나 내 엉덩이가 차졌던지······내 엉덩이 좀 만져 보구료······어찌나 사늘하게 식었는지."

부인은 어이가 없었다. 그런 핑계를 마련하려고 댓돌에 걸터앉아 생으로 엉덩이를 식혀서 들어온 그 소행이 괘씸하게만 여겨졌다.

"뭐예요? 배가 아파요?"

"그렇다니까?"

"흥, 산나물 김치를 작작 자시지요. 그러면 복통도 없었을 것 아네요?"

"어?"

재상은 뜻하지 않은 말을 듣자 잠시 기가 질리는 듯 입을 쩍 벌리고 있더니 놓쳐 넘기려고 껄껄 웃었다.

"부인은 참으로 용하구려. 별의별 것을 다 알고 있단 말이오."

"내 기가 막혀서……."

"허허허……."

부인은 이번에는 정말 돌아누워 잠을 청했다. 재상은 들킨 것이 어이없었던지 또 한 번 껄껄 웃더니 이내 코를 골았다.

이런 일이 있었음에도 불구하고 재상의 버릇은 고쳐지지 않았다. 어느 날, 비가 억수같이 퍼붓고 간간이 천둥 번개가 쳤다. 이날도 재상은 안방을 빠져나갔다. 부인은 딱하다는 듯 혼자 중얼거렸다.

'아니, 넋이 빠져도 분수가 있지……이런 궂은 날에도 고년을 찾아가야만 속이 시원하단 말인가?'

비를 맞고 가는 그 꼴이라도 봐 주려고 방문을 살며시 열고 내다보았다.

재상은 대청 끝에 서서 멀거니 바라보았다.

'허 그 비가 대단하구나……좀 쉬었다가 오든지 하지 않고서…….'

기다려도 비는 그치지 않았다. 그러나 그냥 안방으로 다시 들어가지는 않고 댓돌로 내려서서 신을 신었다.

'어떻게 한다?'

한참이나 머뭇거리더니 부엌으로 들어갔다. 이 꼴을 바라보는 부인은 딱하기까지 했다.

'저 양반이 부엌에는 왜 들어가누? 혹 솥이라도 뒤집어쓰고 가려는 것이나 아닌가?'

아니나 다를까, 번쩍 하는 번개에 바라보니 부엌에서 나온 재상은 큰 바가지를 뒤집어쓰고 있었다.

'정성이 대단하군……'

부인은 혀를 차고 자리에 누웠다. 그러나 그렇게까지 얼이 빠진 사람을 그냥 놔 둘 수 없다는 생각이 들었다. 다시 일어나 앉아 한참이나 궁리에 잠겼다가 대청으로 나왔다.

'단단히 혼을 내 줘야겠는데……'

아까보다 비는 좀 그쳤다. 그러나 여전히 천둥소리는 요란하고 간간이 번개가 번쩍였다.

'옳지!'

부인은 부지런히 빨랫방망이를 찾아 들고 대청 끝에 걸터앉아 기다렸다.

'그 바가지를 박살을 내리라.'

단단히 벼르고 있는데 다행히 비는 그쳐 갔다.

'이렇게 앉아서 기다리고만 있을 것은 아니로다.'

부인은 중문 안 쪽에 숨어 서서 빨랫방망이를 숨겨 들고 때를 기다렸다. 얼마를 기다리자 재상은 종종걸음으로 돌아왔다. 바가지를 뒤집어쓰고 얼굴을 앞으로 숙

인 채 중문으로 들어섰다. 부인은 숨겨 들고 있던 빨랫
방망이를 내리쳤다.

"우지끈!"

때맞춰 번개가 번쩍 하였으며 간간이 들리는 천둥소
리는 여전하였다.

"어이쿠!"

재상은 신음하듯 한마디 외치고는 그 자리에 쓰러졌
다.

부인은 뒤도 돌아보지 않고 안방으로 돌아가 옷을 갈
아입고는 시치미를 딱 떼고 누웠다.

바가지는 산산조각 나고 땅바닥에 쓰러진 재상은 한
동안 꼼짝 못하고 있었다. 잠시 후 정신을 차리고는 온
몸을 어루만져 보았다.

'내가 살아 있나? 벼락을 맞았나본데 용하게도 죽지
않았군……'

머리가 얼얼하고 부어올랐을 뿐 다친 데는 없었다.

'천행이로군……분명 벼락을 맞았나본데……아무튼
내 명은 하늘에 달렸나봐…….'

재상은 엉뚱한 생각을 하고는 가슴을 문질러 내리며
긴 한숨을 몰아쉬었다.

옷은 온통 물에 젖고 거기에 흙까지 묻어 꼴이 말이
아니었다. 그러나 그 모습으로 급히 대청으로 뛰어올랐
다.

"부인, 부인……."

대답이 없자 방안으로 들어서며 말했다.

"부인, 어서 일어나 내 말을 들어보시오."

"왜 그러십니까?"

부인은 졸리는 듯 일어나 등잔에 불을 켰다. 재상의 꼴은 가관이어서 웃음이 터져 나오려는 것을 억지로 참았다.

"부인. 벼락에 큰 것이 있고 작은 것이 있다는 것을 아시오! 큰 것에 맞으면 사람이 죽어도 작은 것은 그렇지 않은가 봅니다. 내 지금 변소에 갔다 오다가 벼락을 맞았단 말이오. 그것은 아마 작은 것이었던 모양이오. 그리고 흔히 말하기를 벼락에 맞고 죽지 않으면 부자가 된다고 합디다. 우리는 부자가 되게 됐소."

"또 변소에 가셨소?"

"허허허허."

"호호호호."

두 사람은 다같이 웃었으나 그 웃는 뜻은 달랐다.

―《청파극담》

제14화

어떤 여자의 마음

충청도 땅 임천 고을에 유씨 성을 가진 군수가 있었다.

이 고을에 있는 기생 매향(梅香)은 군수의 눈에 들어서 가히 죽자 살자 하였다. 군수는 한 번 대한 뒤로는 잠시도 곁을 떠나지 못하게 하였으니, 깊숙이 감추어 두고 바깥출입도 시키지 않을 정도였다. 그러기에 소문이 자자하였다.

"그 어른은 매향의 치맛자락에서 헤어나시지를 못하는군……."

"한다하는 양반 출신의 내방마님도 이럴 수가 없는데, 아무도 그 얼굴을 볼 수 없게 감춰 두시니 대단하지."

"아마 누가 보면 탈이 날까봐서 그러시겠지. 아, 속말에도 계집과 그릇은 내돌리면 탈이 난다고 하지 않았는가……."

"아무튼 유별나니까……."

군수는 매향을 금이야 옥이야 하였고, 불면 꺼질까 걱정하는 격으로 애지중지하였다. 따라서 매향도 다른 생각은 전혀 없고 한평생 고이 모시고 살겠노라고 천 번이고 만 번이고 맹세하였다.

"어허, 내가 너를 만나려고 여기에 왔나보다. 너와 나는 천생여분이로다."

"임기가 끝나고 돌아가실 때는 데리고 가시죠?"

"암. 나야 변함이 없지. 나는 그렇거니와 너도 변하지 않아야 한다."

"외간 남자는 먼발치로도 쳐다보지 않겠습니다."

"그래야지……."

두 사람 사이는 찰떡같았다.

그러나 소문은 나게 마련이었다. 임천 군수가 매향에게 넋이 빠져 있다느니, 매향이 워낙 절색이어서 누구든 한 번 보기만 하면 얼이 빠진다느니 수군거렸다. 이렇게 되나 한 번 매향을 대해 보려고 기회를 노리는 무리가 나타났다.

그런 중에서 성씨 성을 가진 수군절도사는 엉뚱한 생각을 하기에 이르렀다.

'그것이 절색은 절색인 모양이지 내가 한 번 앗아다가 재미를 봐야겠다. 양반집 규수로서 육례를 갖춘 부인도 아니요, 한낱 기생에 지나지 않는데 못 앗을 게 무엇이냐 말이다.'

이런 수군절도사의 꿍꿍이는 곧 임천에 알려졌다. 군수는 겁이 더럭 나고 걱정이 태산 같았다.

"얘, 수군절도사가 너를 탐내서 이리로 온다는 구나. 이 일을 장차 어찌하면 좋으냐?"

매향이 화를 버럭 냈다.

"제까짓 게 무엇인데 함부로 빼앗고 어쩌고 해요? 만일 힘으로써 억누르려고 하면 저는 목숨을 끊어 버리겠습니다."

"그러니 네 정경이 딱하구나……."

군수는 눈물이 글썽글썽하였다.

"힘에는 못 당할지 모르지만 절개야 어찌 굽히겠어요? 아무 염려 마십시오. 열녀가 되어 죽으면 죽었지 아무 탈 없을 것입니다."

"후유……."

수군절도사가 아니라 상감이 온대도 제 절개는 빼앗지 못할 것입니다."

"후유……."

매향은 거듭 장담을 하였으나 군수는 나오느니 한숨뿐이었다. 매향의 기개는 모르는 바 아니었으나, 봉변을 당하거나 죽음에 이르게 할 수는 없어 아전들을 불러, 매향은 이미 죽었다고 알리라는 분부를 내렸다.

"염려 마십시오. 누가 와서 묻든지 이미 죽었다고 하겠습니다."

"그런 사람은 애당초 있지도 않았다고 하겠습니다."

아전들은 한결같이 다짐하였으나 군수는 역시 마음이

놓이지 않았다.

그런 판에 수군절도사가 이 고을에 나타났다. 군수는 사색이 되어 나가 마중을 하였으나 수군절도사는 별다른 말없이 지나가는 인사만 하였다. 군수는 공연한 걱정을 하였었나 의심하기도 하고 헛소문이기를 바라는 마음뿐이었다.

그런데 수군절도사는 동헌에 올라 좌정하더니 이방을 불렀다.

"내 들으니 이 고을에 매향이라는 기생이 있다는데 과연 그러냐?"

"모, 모릅니다. 그런 기생은 없었습니다."

"흥, 그래?"

수군절도사는 코웃음을 치더니 언성을 높였다.

"저놈을 당장 형틀에 매달아라. 곤장을 때리리라."

이렇게 되니 이방은 다급해졌다.

"사, 살려 주십시오. 과연 그런 기생이 있기는 하였사오나 병에 걸려 이미 죽었습니다."

"이놈!"

"주, 죽게 되었습니다. 다 죽어 가고 있습니다."

"저놈을 몹시 쳐라!"

이방은 곤장을 맞아 비명을 지르고 그냥 놔 뒀다가는 죽기 꼭 알맞았다. 이는 직접적으로는 이방을 때리는 것이었으나 사실은 군수가 맞는 것이나 다름이 없었다.

군수는 별 수 없이 매향을 내놓았다. 내놓기는 하되 허름한 누더기 옷을 입히고 머리는 풀어 산발을 시켰으며, 얼굴에는 검정이며 흙을 칠해서 꼴을 사납게 만들었다. 매향 자신도 비틀비틀 다 죽어 가는 시늉을 하여 부축을 받고서야 겨우 걸었다. 심한 병에 걸려 죽게 되었으며 용모 또한 보잘것없다고 가장하기 위함에서였다.

수군절도사가 아래위로 훑어보더니 말했다.

"저년을 방으로 들라 하여라."

그리고는 행수기생을 불러 지시했다.

"너는 당장 매향의 머리를 빗기고 세수를 시켜라. 그리고 새 옷을 갈아입게 하여라."

명령을 거역할 수는 없었다. 별 수 없이 매향은 세수하고 머리 빗고 새 옷을 입고서 수군절도사 앞에 나아가 절하게 되었다. 수군절도사가 한참동안 바라보더니 고개를 끄덕끄덕하였다.

"흠. 과연 소문이 헛되지 않았구나. 드물게 보는 미색이로다. 오늘부터 너는 내 차지가 되었으니 그리 알아라."

수군절도사는 매향을 말에 태워 거느리고 돌아가 버렸다.

어이없이 계집을 빼앗긴 군수는 가슴을 쳤다. 닭 쫓던 개 울타리 쳐다보는 격으로 어쩔 도리가 없었다. 수군절도사라고 하면 한 도에 두 명뿐이오, 그 중 한 자리는 관찰사가 겸임하게 되어 있고 신분은 정3품이었다. 그러니 수군절도사라면 관찰사에 버금가는 대단한 지위였다. 거기에 비하여 군수는 한낱 종4품 벼슬이었으니 도저히 맞설 수 없었다.

'오호라. 매향이 절개를 지키고자 할 것이니 아마도 자결을 하리라. 아까운 아이가 죽게 되었구나……. 이 지경을 당하여 보고만 있어야 한다니…….'

가슴을 치고 통탄하던 군수는 한 꾀를 생각해 내어 급창을 보냈다.

"자, 잠깐……."

달려온 급창이 매향에게 말했다.

"급한 일이 생겼네. 자네 어미가 갑자기 풍증을 일으켜 곧 죽게 되었네."

매향을 거느리고 가던 수군절도사는 얼굴을 찡그렸다.

"야, 듣거라. 내가 너를 데리고 가고자 하였더니 뜻하지 않은 일이 생겼구나. 네 어미가 죽게 되었다니 자식 된 도리에 그냥 갈 수야 있느냐? 내가 그렇게 매정한 사람은 아니니 돌아가 어미의 임종이나 하여라."

그러자 매향은 방긋이 웃으며 수군절도사를 돌아보고는 말했다.

"제 어미가 죽게 되지는 않았습니다. 그런 나이도 아니고 그렇게 될 까닭도 없습니다. 이대로 가겠습니다."

수군절도사는 눈이 둥그레졌다.

"허, 그래? 그러나 지금 소식이 오지 않았느냐 말이다."

"이는 필시 거짓일 것입니다."

"그래?"

"아마도 군수가 얕은꾀를 내었나 보옵니다."

"허허허허……그럼 가자!"

수군절도사는 크게 웃고는 그대로 말을 재촉하였다. 급창은 어찌 할 바를 몰라서 언제까지나 멀거니 서 있기만 하였다.

매향은 살뜰하게 수군절도사를 섬기더니 어느 날 조용히 말하였다.

"그동안 제가 뜻에도 없는 군수에게 시달림을 받아 역겨웠는데 다행히 어르신네를 만나니 참으로 다시 살아난 듯합니다. 지성으로 변하지 않고 섬기겠습니다."

속만 태우던 군수는 이런 저런 소식을 듣고 탄식하였다.

'오호라, 계집이란 요물이로구나.'

—《청파극담》

제15화

모녀의 버릇을 고치다

중종 때 송질(宋軼)이라는 사람이 있었다. 중종반정 때 공이 있어 공신 칭호를 받았으며 벼슬이 영의정에 올랐다.

그러한 송질로도 어쩔 수 없는 고통거리가 있었으니 그것은 부인이 시기심 많고 억세어 도저히 제어하기 어려운 것이었다. 하루는 송질이 곱살스럽게 생긴 계집종이 귀엽게 여겨져 손목을 잡아 본 일이 있었다. 그러고서 그 날 낮에 들어온 밥상의 주발 뚜껑을 열어보니 그 안에는 바로 그 계집종의 손목이 들어 있었다. 부인은 이 정도로 포악했는데 어미를 닮아서 딸들도 한결같이 괄괄하고 성미들이 대단하였다.

'허허, 큰일이로다. 어미는 그렇다고 하더라도 딸자식들만은 그런 버릇을 고쳐 줘야만 하겠다. 이미 출가한 둘도 그러려니와 막내는 더욱 억세고 시기심 많으니, 막내 사위는 능히 그런 기를 꺾을 만한 사람이라야 되겠다.'

이런 생각에 골몰해 있는데, 하루는 낯모를 젊은이가

집 안에서 밖으로 나가는 것이 보였다.

"이놈, 네놈이 누구냐? 감히 여기가 어디라고 들어왔느냐? 아마도 네놈은 도둑이거나 파락호인 모양이로구나."

"나도 당당한 양반 집 자식인데 이렇게 모욕을 주시는 데가 어디 있습니까?"

젊은이는 굴하지 않고 맞서서 따지고 들었다. 생김새를 보니 한몫을 단단히 하게 생겼는지라 송질은 목소리를 부드럽게 하였다.

"그래? 내가 너무 과하였나보다. 그런데 너는 누구이며 무슨 일로 내 집에 들어왔느냐?"

"예, 저는 이웃에 사는 승지의 자식 홍언필(洪彦弼)입니다. 댁의 계집종 중 마음에 드는 것이 있어 그 방에 들어갔다가 지금 돌아가는 길입니다."

조금도 부끄럼 없이 말하고 똑바로 쳐다보았다.

"보아하니 장차 큰 인물이 될 감인데 행동이 이렇게 방자하여서야 쓰겠냐?"

"젊은 한때 이럴 수도 있지 않겠습니까?"

"허허…… 과연 사나이답구나. 내가 네게 요긴히 할 이야기가 있으니 잠시 나를 따라오너라."

송질은 홍언필을 사랑으로 데리고 들어가 한참이나 무슨 이야기를 하였다.

며칠 후 송질은 막내딸을 시집보낸다고 하였으며, 사

돈될 사람은 이웃에 사는 승지 홍 아무개라고 하였다.
부인은 자세한 까닭을 모르는 터라 그저 승지 벼슬의
집안과 사돈이 된다는 것만을 그럴싸하게 여겨 승낙하
였다.

그런데 혼인날이 되자 이 집 하인들은 서로 수군거렸
다.

"아니, 저 신랑은 이 집에 자주 드나들던 사람이 아니
냐?"

"누가 아니래 바로 계집종의 꽁무니만 따라 다니던
사람이야."

"쉬잇!"

이쯤 되니 부인도 알아차리고 사랑채로 나와 송질에
게 따졌다.

"영감님은 어쩌자고 딸자식의 신세를 망치려고 하십
니까?"

"그게 무슨 소리요? 신랑이 병신도 아니겠다. 집안이
그만하면 탓할 것이 없겠다……."

"그래, 어디에 신랑감이 없어서 계집종의 서방을 사
위 삼아요?"

"젊은 혈기야 허물이 되겠소?"

"어쨌든 우리 아이는 그런 녀석에게 내줄 수는 없어
요."

"허허, 부인. 잔치를 치른 마당에 그게 무슨 소리요?"

"잔치거나 뭐거나…… 나도 그렇고 걔도 그렇고…… 그런 헐렁한 사람은 사위나 지아비로 삼을 수 없으니 그리 아세요."

부인은 노발대발하여 신부를 들여보내지 않았다. 당사자인 송소저(宋小姐)도 눈물만 흘렸지 신방에 들어갈 생각을 하지 않았다. 어머니가 권한 대로 마다 할 판이다.

집안은 발칵 뒤집히고 홍언필은 혼자서 밤을 지새우게 되었다. 그런데 이런 일이 벌어지리라고 예측하였던 터라 뱃심 좋게 누워서 코를 골았다. 송질도 이미 사위 홍언필과 언약한 것이 있는 터라 사랑채에서 태평하게 잠을 잤다. 장모된 송질의 부인과 신부인 송소저만이 투덜거리며 뜬눈으로 밤을 밝혔다.

이튿날 새벽에 홍언필은 돌아가겠다고 서둘러대었다. 이 집에 있던 여러 사람들이 만류하였으나 홍언필은 고집을 세우며 듣지 않았다.

드디어 송질이 나왔다.

"여보게. 아무리 가는 게 바쁘더라도 조반이나 먹고 가게."

"혼자 잔 신랑이 무슨 조반을 한가하게 먹겠습니까?"

홍언필은 짐짓 화를 내며 서둘러 말을 대령하게 하고 돌아갔다.

시일이 지나자 답답한 것은 송질의 부인과 송소저뿐

이었다. 아무리 신방에 들지는 않았다고 하나 이미 혼례는 이루어졌으니 송소저만 애꿎게 생과부가 된 꼴이었다.

"후유……."

부인은 나오느니 한숨뿐이요. 간간이 송질을 욕하였다. 그러나 별 수가 없어 몇 달이 지난 뒤 하인을 보냈다.

"참, 팔자가 사나워서…… 그 홍서방인가 뭔가 하는 것 데려오게나."

마중 갔던 하인은 홍언필에게 얻어맞기만 하고 돌아왔다. 부인은 부르르 떨었다.

"꼴이 꼴값이라니! 싫으면 말라지. 십분 용서하려 했더니 보낸 하인을 치기까지 해?"

또 세월이 흘렀다. 부인은 더욱 기가 죽어서 다시 하인을 보냈다.

"내가 보내더라고 말씀을 잘 드리게……."

그러나 역시 하인은 얻어맞기만 하고 돌아왔다.

이렇게 되니 답답한 쪽은 부인과 송소저였다. 이제는 누구를 탓할 기력도 없어지고 마주 앉으면 그저 나오느니 한숨과 눈물뿐이었다. 이러는 사이에도 송질은 은밀히 홍언필과 만나 옹서의 정리를 두텁게 하고 있었다.

송질의 가르침에 따라 홍언필은 열심히 공부하여 과거에 장원으로 급제하였다. 이날 송질이 부인에게 말했다.

"여보, 부인. 이웃에 사는 홍서방이 장원을 하였구려."

"……."

부인은 아무 대답 못하고 외면한 채 흐르는 눈물만 닦아 내었다.

이튿날 장원한 사람이 유가(遊街)를 한다고 밖이 떠들썩하였다.

송질의 부인은 더 참지 못하여 사랑채로 나왔다.

"영감님, 홍서방이 밖을 지나간다는군요."

"그런가보오."

"그런가보오가 아니라, 좀 불러들이세요."

"……."

"딸자식을 영영 생과부로 만드시고 우리 집안이 망신을 해도 좋다는 말씀이세요?"

"그러니 난들 무슨 면목으로 홍서방을 불러들이겠소?"

"제발, 제발 이러지 좀 마세요. 앞으로는 내 성질 다 버리고 하라는 대로 할 터이니 좀 부르세요."

"그럴까? 부인이야 그럴지 모르지만 개가 어떨는지?"

"그게 무슨 말씀이세요? 세상에 생과부 노릇하고 싶은 사람이 어디에 있겠어요?"

"참, 야단이로군……."

송질은 마지 못하는 체 하인을 보냈다.

홍언필 역시 마지 못하는 듯 들어와 큰절을 하였다. 그 절이 끝나기도 전에 송질의 부인이 뛰어 나와서 홍언필의 소매를 잡았다.

"여보게, 그저 내가 죽일 년이고 잘못하였네. 그러나 자네는 대장부가 아닌가? 그깟 일을 가지고 그다지도 앙심을 먹어 이 지경이 되게 한단 말인가?"

"……."

홍언필은 아무 대답 없이 자리를 차고 일어섰다. 부인은 매달리며 애걸복걸하였다.

"여보게, 여보게. 이 무슨 짓인가? 내가 빌겠네, 빌어……."

홍언필은 그제서야 다시 주저앉았으며, 송질의 부인은 서둘러 저녁상을 차리게 하였다. 또 가겠다고 할까봐서 지켜 서서 묵고 가게하고는 그 방에 딸 송소저를 들여보냈다.

이후로 모녀의 성질은 아주 달라지고 송소저는 유순한 아내가 되었다. 후에 홍언필은 벼슬이 영의정에 이르고 아들 홍섬(洪暹)도 역시 영의정이 되었다.

—《일사유사 5권》

제16화

과연 처녀였을까

조선 왕조 때는 철저하게 남자 중심의 사회 구조여서, 여자는 그 지아비에게 버림받아 마땅하다는 조건이 일곱 가지나 있었다. 소위 말하는 칠거지악으로서, 그 내용인즉 시부모에게 순종하지 않는 것, 아들을 못 낳는 것, 음란한 행실이 있는 것, 질투하는 것, 나쁜 병이 있는 것, 말 많고 시비하는 것, 도둑질하는 것들이 있다.

그렇다고 남자는 아무 짓이나 제멋대로 할 수 있는 것은 아니었다. 우선 이혼이라는 게 없었다. 아내에게 싫증을 느껴 가까이하지 않을 수는 있었으나 이혼을 하여 남남이 될 수는 없었다. 그러기에 만부득이 이혼을 해야만 하겠다고 생각되면 임금에게 호소하여 특별 허가를 받아야만 하였다. 물론 그 이유는 납득할 만하여야 하고, 그저 싫다느니 성격이 맞지 않다느니 하는 따위는 용납되지 않았다.

제9대 임금 성종 때 한 벼슬아치가 혼인한 지 사흘 만에 이혼하겠노라고 특별 허가를 신청한 사건이 일어났다.

"웬 까닭인가? 집안 같은 것은 이미 잘 알고 있었을 것이 아니냐?"

"예."

"그러면 왜 그러느냐?"

"그 여자는 이미 실행(失行)한 사람이었습니다."

신부가 처녀가 아니었다는 것이었다. 이렇게 되면 성종도 쉽게 판단을 내릴 수가 없었다. 신하들 중 양쪽 집안을 잘 알고 또 혼인 잔치에도 참여하였던 몇몇을 불러 물어보았다.

"신부가 이미 실행한 사람이라니 어찌 생각하는가?"

"그럴 까닭이 없사옵니다. 신부의 집은 엄하기로 이름이 있으니, 딸이 그런 실수를 저지르게 하였을 리가 없사옵니다."

"그래?"

"만의 하나라도 그런 일이 있었다면 차라리 딸을 죽이기라도 하였지 남에게 시집보내지는 않았을 것입니다."

성종은 곰곰이 생각했다.

"혼인날과 그 후의 신랑된 자의 행동은 어떠하였던가?"

"예, 그 사람은 평시에도 술을 좋아하였는데, 혼인날에는 친구들과 어울려 곤드레가 되었습니다. 신방에 겨우 들어가서는 그대로 쓰러져 코를 골았을 것입니다."

성종은 눈이 번쩍 뜨이는 듯했다.

"허, 그랬는가? 이튿날은 어떠하였는가?"

"이튿날도 그랬고, 그 이튿날도 또 그랬습니다."

성종은 무엇을 한참 생각하더니 늙은 여의를 불렀다. 옛날에는 기생 출신의 여자 중에서 골라 의술을 배우게 하여 내의원 등에 소속시켜 필요에 따라 심부름을 시켰다.

"네가 그곳에 가서 신부를 살펴보고 오너라."

"예."

"그 신부가 실행한 여자인지 아닌지 자세히 살펴보라."

파견된 여의가 다녀와서 보고하였다.

"그 집에 가서 신부의 옷을 벗기고 자세히 살펴보았습니다."

"그랬더니?"

"그 신부는 아직도 처녀였사옵니다. 이미 실행하였다는 것은 어불성설이고 혼인하여 여러 날이 지났으나 아직도 처녀임에 틀림이 없었습니다."

"허, 그래?"

성종은 고개를 끄덕이더니 당장 이혼 청원한 벼슬아치를 불렀다.

"너의 청원은 허락할 수 없느니라."

"예?"

"지금의 그 여인을 아내로 삼아 백년을 해로하도록 하라."

"……."

이 자는 무슨 말을 하고 싶었으나 감히 임금의 분부를 어길 수 없어 고개를 숙이고 머뭇거리기만 하였다.

"너는 술이 과하다지?"

"……."

"혼인날도 그러하였고 그 다음에도 매일 장취하고 있었다니 과연 그러냐?"

"예."

"술이 취하여 신랑 구실을 제대로 못하였구나, 그렇지?"

이 자는 얼굴을 붉히고 묵묵부답이었다. 과연 혼인날로부터 내리 술에 취해 있었으며, 신부와 한 수작이 가물가물 잘 생각나지 않는 판이었다.

"이는 너에게 허물이 있는 것이다. 어찌 무고히 죄 없는 신부를 헐뜯는단 말인가?"

"……."

"제 잘못은 까맣게 잊고 그것이 신부의 잘못인 줄 안다는 것은 무슨 수작인가? 더구나 신부에게 실행하였다는 누명을 씌우는 일은 가당치 않도다."

"……."

"백년해로를 하겠느냐?"

"예, 예……."

코가 땅바닥에 닿게 머리를 조아리고 쥐구멍을 찾듯 물러갔다.

그 후 이 자는 술이 덜 취해서 신부 방에 들어갔던지 다시는 아무 말도 없었다.

이와 비슷한 사건이 또 한 번 있었다.

한 벼슬아치가 상처를 하여 후취를 얻었는데 곧 이혼 하겠다고 특별 허가를 신청하였다.

"웬 연고인가?"

"예. 후취로 얻은 여인과 신방을 치렀으나 처녀였다 는 흔적이 없었습니다."

"틀림이 없는가?"

"감히 거짓을 아뢰기야 하겠습니까? 이는 신만이 아 니라 온 일가친척이 다 아는 노릇입니다."

성종은 고개를 끼웃하였다. 이번에는 늙은 여의를 보 내 신부의 몸을 살피는 것으로 판단하기 어려웠다.

그래서 신부의 집안과 환경을 조사하기 시작하였다. 이 신부의 집안도 뼈대 있는 양반 집안이고 가훈이 엄 하여 그런 일이 있을 수 없었다. 더구나 평상시 신부된 사람은 바깥출입도 하지 않았었다고 하였다.

'모를 일이로다. 그렇다면 밤에 밖에서 놈팽이라도 담 을 넘어 들어왔었단 말인가?'

성종은 내관을 불러,

"너는 곧 그 신부의 친정에 가서 집의 모양을 그려 가지고 오너라."

"예."

"건물과 건물의 배치가 어떻게 되었으며 담의 높이는 어떠하고 건물의 구조는 어떤지 자세히 그려올 것이다."

"예."

이래서 내관이 파견되어 자세한 그림을 그려왔다. 그것에 의하면 돌과 흙으로 쌓은 담은 높고 또 신부가 거처한 건물에서는 멀어 쉽게 외부에서 숨어들 수는 없게 돼 있었다.

"이것은 무엇인가?"

성종은 신부가 거처하던 건물 옆에 있다고 그려진 다락을 가리켰다.

"예. 사다리를 타고 올라가는 다락이옵니다. 여름에는 시원하여 안식구들이 자주 올라가 지낸다고 하오며 겨울에는 그곳에서 내려다보이는 설경이 또한 절묘하다고 하옵니다."

"그래? 신부된 사람도 여기에 자주 올라갔었다고 하더냐?"

"예. 어릴 때부터 무시로 오르내렸다고 합니다."

"옳거니, 이것이로다."

"예?"

“네가 알 게 아니다.”

성종은 그 벼슬아치에게 타이르는 서찰을 내렸다.

“네가 걱정하는 것은 근거가 없느니라. 아무 걱정 말고 거느려 한평생을 살아 마땅하리라. 신부된 사람이 처녀가 아니라고 했으나 이는 실행이 원인이 아니라 다른 까닭이 있었느니라. 이는 비유하건대 때가 되면 밤송이가 저절로 터지는 것과도 흡사한 일이었느니라.”

이 당시 성종의 처리를 보고서 고개를 끄덕여 동의하고 옳게 여긴 사람들이 말하기를,

“신부된 사람은 어릴 때부터 높은 다락에 오르내렸기 때문에 몸이 그렇게 된 것뿐이다. 그러니 신방을 꾸몄을 때 처녀라는 흔적이 없었음은 실행하였기 때문은 아니었다.”

고 설명하였다.

이는 처녀막의 자연 파손에서 야기된 사건이었다.

—《오산설림초고》

제17화

더러운 집념

조선 왕조 11대 중종 말년에 조정에는 묘한 파당이 생겨 갔다.

세자는 돌아간 장경왕후 소생이고, 경원대군은 지금의 왕비인 문정왕후의 소생이었다. 세자의 외숙인 윤임이 도당을 만들어서 한 세력을 이루고 있었으며, 경원대군의 외숙인 윤원형도 또한 도당을 만들어 세력을 이루고 있었다. 한쪽은 장차 임금이 될 세자의 외가라는 바탕이 있었으며, 한쪽은 지금의 왕비의 친정이라는 기반이 있었다. 이 두 무리는 사사건건 대립하여 상대방을 모함 공격하였으니, 윤임의 일당을 대윤이라고 하고 윤원형의 일당을 소윤이라고 하였다.

이렇게 어지러운 때 임백령(林百齡)이라는 자가 있었다. 이 자는 중종 14년에 진사로서 식년문과에 급제하고 문학이라는 지위를 출발점으로 점차 벼슬이 오르고 있었다.

한데 이 자가 한 번은 옥매향(玉梅香)이라는 기생을 보게 되었다. 옥매향은 평양 출신 기생으로서 절색이라

고 소문이 자자하고 풍류남아는 더불어 한 번 놀기를
바라는 터였다. 임백령은 한 번 그녀를 대하자마자 넋
이 빠졌다.

"어허, 과연 소문이 헛되지 않구나. 사나이로 태어났
으면 한 번 그런 계집을 거느리고 살아야 하느니라."

술이나 따르게 하고서 호탕하게 노는 것이 아니라,
첩으로 거느려 독점하고 싶은 생각이 굴뚝같았다. 그러
나 워낙 이름 있는 기생이라 드나드는 사람들 중 쟁쟁
한 세도가가 많았으니 임백령 따위가 감히 넘보기 어려
웠다.

"권세를 잡지 못하고 있는 것이 한이로다. 권세만 있
으면 이럴 때 서슴없이 차지하는 것인데……."

자나 깨나 그 생각뿐이었다. 친구들은 딱하게 여기고
반은 농을 섞어서 말했다.

"여보게, 공연한 생각 말게나. 오르지 못할 나무는 아
예 처다보지도 말라고 하였어……."

"누가 아나. 나도 언젠가는 그 까짓 계집 하나쯤 맘대
로 할 수 있을 때가 올지도 모르지."

"어느 천 년에? 그때에는 옥매향도 이미 파파 늙은이
가 되었겠네."

"공연히 드나들지도 마라. 계집 하나 때문에 누구하
고 혐의를 두면 좋지 못하네……."

"꼭 옥매향 때문만은 아니었으나 임백령은 소윤 쪽에

가담했다. 세자의 연줄을 잡고 있느니보다는 왕비의 연줄을 붙들고 늘어지는 게 세도를 잡기에 첩경이라고 생각한 것이었다. 그러기에 윤원형의 심복이 되었으며, 입의 혀같이 비위를 맞췄다. 이때 뜻하지 않은 일이 생겼다. 윤임이 옥매향을 첩으로 삼아 들여앉혔으니 임백령의 꿈은 물거품같이 사라지고 이제는 쉽게 얼굴을 볼 수도 없게 되었다.

'죽일 놈이!'

임백령은 이를 갈았다.

'늙은 것이 계집을 밝히기는……제가 뭔데 옥매향을 차지한단 말인가?'

욕설을 퍼부어 봤으나 모두 이불 속에서 욕하기에 지나지 않았다. 더욱 딱한 일은 중종이 돌아가고 세자가 임금이 됐으니 인종이다. 세상은 온통 대윤의 판이었다.

'이럴 수가! 그 늙은 것은 영영 옥매향을 놓지 않겠지?'

타격은 이중이었으니 옥매향을 넘볼 수 없음은 물론이요, 당당한 벼슬자리에 오르기도 글렀다.

'죽어라 죽어! 그 늙은 것은 콱 죽어라.'

임백령은 저주하였다. 옥매향의 나긋나긋한 자태가 눈앞에서 어른거리고 그럴 때마다 치가 떨렸다. 앞일이 캄캄해지기는 임백령뿐 아니라 윤원형을 비롯한 소윤 일파가 다 같았다. 다만 하나 믿는 것은 대비였다. 대비는 임금의 어머니(계모)로서 사사건건 대윤의 힘을 누르고자 온갖 수단을 가리지 않았다. 윤원형 일당은 이어려운 때를 무사히 넘길 방도를 연구하느라고 여념이 없었고 임백령은 그 대표 격이었다.

일이 공교롭게 되느라고 인종은 임금이 된 지 여덟 달만에 돌아가고 아우 경원대군이 새 임금이 되니 명종이다. 사태는 급전직하 달라지고 말았다.

윤원형 일당은 들고일어나 윤임 일당을 공격하기 시작하였다.

"윤임과 그 무리는 죽여야 합니다."

물론 임백령이 누구보다도 열렬하였다.

"암, 죽여야 하지. 그 늙은 여우는 죽여야 해. 감히 옥매향을 끼고 있었으니 놔 둘 수 있나! 이제는 내 차지가 되게 되겠구나."

윤임 일당은 어이없게 벼슬자리에서 내쫓기고, 모든 세력은 윤원형 일당에게 돌아갔으며 임백령은 호조판서가 되었다.

"윤임은 그 죄가 크옵니다. 마땅히 죽여야 하옵니다."

이러한 임백령의 주장은 관철되었다. 임금 명종은 나이 겨우 열두 살이고 모든 결정은 대비가 내리는 터이니 대윤을 몰락시키자는 데에 다른 뜻이 있을 까닭이 없었다.

명종이 즉위한 지 이십여 일이 지났을 때 윤임을 비

롯한 도모한 일당에게 사형이 내려지고, 윤원형 일당은 공신이 되었으니 임백령은 그 중 일등 공신이었다.

윤임 등을 죽이자는 죄명은 명종을 물리치고 다른 왕자를 임금으로 세우려고 모의하였다는 것이었다. 이 억지 죄명을 합법화하기 위해 옥매향 등을 잡아다가 엄한 문초를 하였다.

"이년! 너는 윤임이 역적모의를 한 것을 알지?"

"모르옵니다."

옥매향은 까닭 없이 잡혀와 윽박질을 당했다. 이러한 사건 뒤에는 임백령이 있었다.

"그년이 모를 까닭이 없다. 그년은 단단히 혼이 나야만 하지. 내게도 오지 않고 윤임의 품으로 갔으니 그것만으로도 죄가 크지……."

옥매향은 윽박질과 사정없이 내리치는 곤장에 견디지 못하여 짜놓은 각본대로의 자백을 해야만 했다.

"예, 예……역적 윤임이 주상께서 안질이 있으셔서 그 자리에 오르시기 마땅치 않고, 봉성군이나 계림군을 옹립해야 한다고 모의하는 것을 들었습니다."

옥매향만이 아니라 같이 잡혀간 윤임의 첩이나 하인들도 똑같은 허위 자백을 해야 하였다. 강요된 자백을 하고도 새로 곤장 삼십 대를 맞고 반죽음이 되어서야 놓여났다. 봉성군과 계림군은 억울하게 죽음에 몰리게 되었으니 왕실 중에서 명종의 경쟁 상대가 될지도 모른

다고 여겨지는 사람을 미리 제거하자는 윤원형·임백령
의 음흉한 수작이었다.

윤임 등에게는 사형이 집행되고 그 식구는 신분이 노
비로 떨어져 공신들에게 상으로 주어졌다. 물론 임백령
은 이 기회에 옥매향을 차지하였다.

"이년! 네 죄를 네가 알지?"

임백령은 일등 공신의 당당한 신분으로서 호령부터
하였다. 옥매향은 죽으라면 죽는시늉이라도 하여야 할
판이었다.

"네 죄를 알아?"

"……."

"네가 역적의 품에 안겨 있었다는 것 그것만으로도
죄가 되느니라."

"……."

이렇게 호통 쳤으나 임백령은 이날 밤 옥매향을 품에
끼고 누웠다. 모진 곤장을 맞아 아직 상처가 다 아물지
않은 옥매향의 엉덩이를 어루만지는 임백령은 대견하기
만 했다.

"어허……이 세상이 내 것이로구나……암. 너는 응당
내 것이 되어야만 하느니라."

임백령은 사무치게 탐내었던 옥매향을 차지하여 세상
에 부러울 것이 없었다. 그러나 이런 호강은 오래 가지
않았으니 이듬해 7월 사은사가 되어 명나라에 갔다가

돌아오는 도중에 병사했다. 그리고 훨씬 후인 선조 3년
에 그의 모든 관작이 추탈되었다. 이 어이없고 음흉한
정변을 역사에서는 을사사화라고 한다.

—《명종실록》 권2, 《연려실기술》 권10 을사당적

제18화

염불보다 잿밥

옛날에 한 중이 있었는데 엉뚱하게도 마을에 사는 과부와 은밀한 약속을 하였다. 즉 밤에 찾아가서 정을 통하기로 한 것인데 중은 제 딴엔 모양을 낸다고 종일 부산하게 보냈다.

이 꼴을 바라보는 상좌는 아니꼽고 더럽게 여겨졌다.

"준비를 아무리 하셔도 하나 빠뜨린 게 있습니다."

"그게 뭔데?"

"여인을 찾아가시려면 양기를 돋우셔야죠."

"그렇지. 양기를 돋우는 방법이 있는가?"

"예. 듣기로는 날콩가루를 물에 타서 먹는 게 제일이라고 하더군요."

상좌로서는 꼴이 보기 싫어 한 번 골탕을 먹이려는 것이었다. 그런데 음욕에 눈이 어두운 중은 서둘러서 콩을 빻아 가루로 만들었다.

밤이 이슥해져서 중은 절을 나섰다. 제 딴에 남의 눈이 두려웠던지 오밤중으로 약속을 정하였으며, 달도 없는 밤이니 도둑고양이 시늉을 하기에는 안성맞춤이었다.

나서기 전에 콩가루를 냉수에 타서 꿀꺽꿀꺽 들이키는 것도 잊지 않았다. 옆에서 이 꼴을 바라보는 상좌는 웃음을 참느라고 무진 고생을 하였다.

중이 마을로 내려가는데 반도 못 가서 뱃속에서 와글와글 소리가 나고 점점 부풀어 올랐다. 뿐만 아니라 설사기 때문에 참기 어려워졌다. 그러나 과부와의 약속을 더 간절히 생각하여 겨우 그 집에 이르러 방안에 들어가기는 하였으나 기어 들어가다시피 하였다. 들어가서는 쏟아져 나오려는 설사를 막으려고 발뒤꿈치로 뒤를 꼭 막고는 깎아 세운 듯 앉아 있기만 하였다.

과부는 성장하고 기다리고 있다가 교태를 부리며 말했다.

"왜 그렇게 앉아만 계세요?"

중은 숨이 어깨로 몰아쉬어지고 이마에는 식은땀이 흘렀다.

"스님!"

"어!"

과부가 잡아끌자 중은 기우뚱하였으며, 그 서슬에 간신히 참고 있던 설사가 터져 나왔다. 악취가 방안에 진동하자 기겁을 한 과부는 펄쩍 뛰었다.

"아니, 뭐 이런 게 있어?"

"……"

"아이고 망측해, 어서 나가지 못해!"

중이 어물거리니 과부는 방망이로 후려치기 시작하였다.

'이게 무슨 꼴이지…….'

중은 쫓겨나와 길게 탄식하였다. 엉겹결에 어디가 길인지도 몰라 헤매는데 희끄무레한 것이 보였다.

'어허, 개울이로구나. 더러워진 몸이나 씻고 가야겠다.'

중은 옷을 걷어들고 그 안으로 들어섰다. 그런데 그곳은 개울이 아니고 보리밭이었다. 워낙 어두워서 보리꽃이 희끄무레해 개울물같이 보였던 것이다.

"아이고!"

중은 탄식하고 또 얼마를 헤매니 다시 희끄무레한 게 보였다.

'보리밭이 나를 속이더니 또 있구나, 비위가 상하니 보리나 막 짓이겨 주고 가야겠다.'

분풀이할 생각으로 성큼 들어서니 기우뚱 몸이 쓰러지며 풍덩 소리가 났다. 이번에는 보리밭이 아니고 개울이었다. 중은 물에 빠진 생쥐 꼴이 되어 덜덜 떨기만 하였다.

무진 고생을 하고 겨우 동녘이 밝아 오기 시작하였다. 절로 돌아가려고 분주히 걷다가 마을 아낙들이 쌀을 씻는 옆을 지나치게 되었다. 중의 눈에는 그런 것이 보

이지 않고 그저 간밤에 고생한 것만 역겨워 투덜거리기
를,

"에잇, 입에서 신맛이 난다."

그러자 쌀을 씻던 아낙들은 어리둥절하여 상이 찌푸
려졌다.

"이 쌀로 술을 담그려고 하는데 신맛이 난다니……."

"부정을 타게 되었으니 우리 일은 다 틀렸군……."

중은 또 투덜댔다.

"신맛이 나, 신맛이……."

아낙들은 소매를 걷어붙이고 우르르 달려들었다.

"이 중놈이 주둥이를 함부로 놀려!"

"우리와 무슨 억하심정이 있어서 이러지?"

중은 실컷 두들겨 맞고 옷은 갈가리 찢기고야 겨우
도망쳤다.

그런 소란을 겪으면서 해는 벌써 중천에 떴는데 우선
시장하여 견디기가 어려웠다.

'뭐, 먹을 게 없나?'

중은 두리번거리다가 감자밭을 발견하고 뛰어들었다.
감자를 캐어 흙도 덜 턴 채 입에다 쓸어 넣었다. 시장하
여 먹기는 하였으나 생감자가 입에 당기는 것은 아니었
다. 엉거주춤 좌우를 살펴보니 저쪽에서 이쪽으로 여러
사람들이 오고 있었다.

'어디, 놀이를 가는 사람들인가? 그렇다면 밥이 있겠

지……이 감자를 주고서 대신 밥을 얻어먹어야지…….'

중은 두 손을 모아 감자를 들고 전후 생각도 없이 다가오는 사람들 속으로 뛰어들었다. 이 서슬에 말이 놀라서 앞발을 드는 바람에 타고 있던 사람이 떨어졌다. 이 사람은 바로 이 고을 수령이었다.

"이런 죽일 놈이 있나. 미친 중놈이 내게 행패로구나."

"아, 아닙니다."

중이 황망히 변명할 때 이미 수령은 고래고래 호령을 하였다.

"저 미친 중놈을 단단히 다스려라."

수령을 모시고 가던 무리가 우르르 달려들어 늘씬하게 매질을 하였다.

"일진이 나쁘더니 별꼴을 다 당하는구나."

수령은 연방 욕설을 퍼붓고는 사라져 버렸다. 중으로서는 잡혀가 갇히지 않은 것만도 다행으로 여겨야 할 판이었다.

중은 길가에 쓰러져 눈을 꾹 감았다. 배고프고 피곤하며 온몸이 여기저기 쑤시며 말이 아니었다. 손가락 하나 까딱할 힘이 없어 그저 늘어져 있기만 하였다.

얼마의 시간이 흘렀는지 두 사나이가 이곳을 지나다가 걸음을 멈추었다.

"웬 중이야?"

"글쎄?"

한 사람이 발로 건드려 보았으나 중은 아무 반응도 없었다.

"허, 죽었나보군 ……어서 가세."

그러자 다른 사람이 말했다.

"죽었어? 그럼 잠시 기다리게. 중의 그것은 약이 된다던데……."

"그게 약이 되다니?"

"중이란 원래 여인을 가까이하지 않거든. 그러니 양기가 그대로 남아 있을 수밖에……아주 좋은 약이 된다니 잘라 가지고 가겠네.……."

아무리 기진맥진이라 하더라도 이런 소리를 듣고 그냥 쓰러져 있을 수는 없었다. 중은 기급을 하고 일어나 어디에 그런 힘이 있었던가 싶게 도망을 쳤다. 두 사나이는 섬뜩 놀라기는 하였으나 껄껄 웃고는 자기들 갈 길을 갔다.

중은 저녁이 다 되어서야 절에 돌아왔다. 곧 쓰러질 것 같다기보다는 기어온 거나 다름없었다.

"문 좀 열어라!"

목소리도 희미하였다.

상좌는 누구라는 것을 뻔히 알면서도 시치미를 딱 떼었다.

"뉘시오?"

"나다, 나야. 어서 문 열어라!"

"뉘시오?"

"이 절 주지야."

그러자 상좌가 호통을 쳤다.

"우리 스님은 어제 과부 집에 재미를 보러 가셨으니 벌써 돌아오실 까닭이 없다. 너는 누구이기에 한밤중에 와서 엉큼한 수작을 하느냐?"

"나라니까!"

"이놈, 썩 물러가지 못해!"

중은 더 이야기할 기력도 없고 그렇다고 날이 밝기까지 기다릴 수도 없었다. 한숨만 쉬고 망설이다가 울타리가 망가져 생긴 개구멍을 생각해 내고 그리로 몸을 디밀었다. 기어서라도 안으로 들어갈 생각에서였다.

그러자 상좌가 몽둥이로 내리치며 호통을 쳤다.

"어느 집 개가 들어오느냐? 어제도 부처님 앞에 불켤 기름을 다 도둑질해 먹더니 또 들어와?"

―《용재총화 5권》

제19화

환관의 아내

예나 지금이나 시험을 치른다는 것은 고생스럽고도 어렵다. 더구나 지난날의 과거란 힘이 들어 이것을 위하여 많은 노력이 지불되었다. 그러니만큼 과거에 대하여는 여러 가지 징크스가 많이 생겼다. 그 중 웃지 못 할 희한한 것도 더러 있었다.

"과거가 며칠 후로 임박하였는데 자신이 있는가?"

"나야 워낙 글공부를 잘해서……그러나 그날의 운수도 있지."

젊은이들이 모여 떠들썩하는데 조현명(趙顯命)이라는 젊은이가 물었다.

"참, 자네들 이런 이야기 들어보았는가?"

"뭔데?"

환관의 아내와 정을 통하면 어김없이 급제를 한다지 않던가?"

그러자 젊은이들은 너털웃음을 터뜨렸다.

"거 묘하군……그러나 엉큼한 생각이야. 환관이야 아내를 거느렸다고 하더라도 명색뿐이지 무슨 실속이 있

나. 그러니 환관의 아내와 정을 통한다는 것은 색을 모
르는 여인과 재미를 보자는 수작이렷다.”
 “누가 또 그런 소리를 만들어 냈지?”
 그러던 판에 한 젊은이가 조현명에게 말했다.
 “그래, 환관의 아내 중 응하는 사람이 있으면 한 번
시험해 보겠나?”
 “암, 없어서 한이지…….”
 “그럼, 내가 한 번 주선해 볼까?”
 “한 번 수고를 아끼지 말게나.”
 처음에는 농으로 시작된 것이 어느 틈엔가 진담으로
옮아갔다. 이날 저녁에 주선하겠다던 젊은이는 조현명
에게 한 노파를 소개했는데 그녀는 장동 어느 환관 집
에 자주 드나들어 안주인과 막역하다면서 조현명에게
두둑한 사례를 요구했다. 뚜쟁이였다.
 조현명은 떠도는 말을 곧이곧대로 믿은 것은 아니었
으나 내킨 걸음이니 한 번 외도를 해 볼 생각이 났다.
더구나 여럿이 있는 자리에서 그래 보겠노라고 말한 터
라 물러설 수도 없었다. 결국 노파에게 약간의 사례를
주고는 따라 나서서 장동으로 갔다. 이집 주인인 환관
은 대궐 안에서 꽤 높은 지위에 있는 듯 집이 으리으리
하였다. 그런데 안으로 들어서니 조용하기만 하였다. 조
현명은 따라 오기는 하였으나 다소 뒤가 켕겼다.
 “이집 주인은 어디에 있는가?”

"오늘은 대궐에 들어가 번(番)드는 날이라 하니 염려 마세요."

안으로 들어가 대청 앞에 이르자 노파가 손을 들어 안방 쪽을 가리켜 보이고는 훌쩍 나가 버렸다. 혼자가 된 조현명은 닫힌 안방 미닫이를 바라보기도 하고 좌우를 두리번거리기도 하였다.

'에라, 모르겠다!'

이 지경이 됐으니 사나이로서 더 머뭇거릴 수 없어 헛기침을 두어 번 하고는 대청으로 올라 안방 문을 열었다. 다소곳이 앉았던 여인은 성큼 일어나서 방긋이 웃으며 맞이했다. 스물이 갓 넘었을 나이에 눈썹은 가늘고 입술은 붉어 드물게 보는 미인이었다.

"어서 오세요."

목소리 또한 고왔다. 조현명은 여인에게서 풍기는 향긋한 내음에 취해 가슴이 부풀고 넋이 허공에 뜨는 듯하였다.

여인은 조현명의 손을 잡아 아랫목에 앉게 하니, 조현명은 제 집이기나 한 듯 서슴없이 도사려 앉아 다시 한번 차근히 여인을 바라보았다. 이럴 줄 알았더라면 좀더 일찍 서두르지 않은 것이 오히려 한스럽기까지 하였다.

그런데 뜻밖에도 댓돌에서 헛기침 소리가 났다. 분명 이 집 주인인 환관이 돌아왔음에 틀림없었다. 조현명은 삽시간에 얼굴이 백지장같이 되고 어찌할 바를 몰랐다. 그러나 여인은 태연하기만 하여 여전히 웃음 띤, 얼굴로 돌아보며 속삭였다.

"염려 말고 계세요. 제가 적당히 하죠."

여인은 밖으로 나가 환관을 맞았다.

"오늘은 대궐에서 입직(入直)하신다더니요?"

"응, 좀 잊은 게 있어서…… 곧 다시 들어가 봐야 하오. 한데 누가 왔는가?"

"예, 부평에 사는 먼 조카가 왔어요. 과거를 보러 왔다나요."

"허, 그래?"

환관이 안으로 들어오니 조현명은 방 귀퉁이에 있다가 넙죽 절했다.

"처음 뵙습니다."

"과거를 보러 왔다며?"

"예."

"어디 묵을 곳은 있나?"

"흥인문 밖에 숙부님이 삽니다만 찾기 어려워 우선 여기부터 왔습니다."

조현명은 아무렇게나 둘러대었다.

"허, 그래? 오늘은 여기서 편히 쉬고 내일 잘 찾아보도록 하게나……."

"……."

“참. 과거 보는 날에는 내가 먹을 것이라도 가져다줌
세……그날 나도 과장(科場) 가까이 있을 것이네…….”

“예.”

환관은 잊었다는 것을 챙겨 가지고 다시 대궐로 들어
간다고 나갔다. 조현명은 그사이 정신을 차려서 단단히
조카뻘 되는 사람의 구실을 하여 배웅을 하기까지 하였
다. 단 둘이 다시 안방으로 들어온 조현명은 이제는 거
리낄 것이 없었다. 덥석 여인의 허리를 얼싸안았다.

“허허……그대는 아리따울 뿐만 아니라 총명하기도
하오.”

“숨이 막힐 것 같으니 좀 놓사와요.”

“허어, 이런 미인과 더불어 있으니 마음이 급하기만
하구려.”

“우선 주안상을 차려 오겠어요.”

여인은 밖으로 나가더니 서둘러 술상을 차려 왔다.
조현명은 섬섬옥수로 따라 주는 술을 사양 않고 마시니
더욱 호탕하고 도도한 기분이 되었다.

“그대도 한 잔 들어 보오. 내가 따라 주리라.”

“예…….”

여인은 사양 않고 고개를 외로 꼬고는 잔을 비웠다.

밤도 깊어서 두 사람은 원앙금침을 깔고 나란히 누웠
다. 조현명은 또 한 번 장가를 들기라도 한 듯 자못 유
쾌하기만 하였다. 그러나 장가를 다시 한 번 든 것과는

달랐다. 여인은 다소곳이 누워 있는 게 아니라 능동적으로 휘감겨 왔다.

"허허……환관의 아내라면 색을 알 까닭이 없겠거늘…… 그대는 산전수전 다 겪은 사람과도 같구려."

"그래서 정이 떨어지셨나요?"

"아니, 그래서 더욱 좋다는 거지……."

"속으로는 욕하시면서요……."

여인은 토라져서 돌아누웠다.

"아니, 아니라니까…… 내가 실수하였으면 용서 하구려."

아무튼 이들은 긴 밤이 다 가는 것도 모르고 희희낙락하였다.

이튿날 느직하게 아침을 대접받은 조현명은 떨어지기 싫었으나, 꼬리가 길면 밟힌다는 생각을 하여 장동에서 작별하였다.

며칠 후 과거날이 되었다. 조현명은 글귀를 생각하느라고 붓방아를 찧고 있는데 누가 앞에 와서 섰다. 흘깃 쳐다보니 바로 장동에서 본 그 환관이었다.

"그래, 흥인문 밖 숙부 집에 있나?"

"예."

"이거 먹게나. 그리고 과거 잘 보게."

환관은 싸 가지고 온 것을 내어 주었는데 과일과 약과 들이었다.

"어허허허……."

조현명은 환관이 돌아간 뒤 웃음을 참을 수 없어 옆 사람이 놀랄 정도로 가가대소했다.

'어허허허……이 자가 그날 하던 말을 잊지 않았군……혹, 그 계집이 나를 찾아 먹을 것을 주라고 한 것일까?'

지난 일이 회상됐다. 글귀의 생각보다 그 여인의 하얀 살갗이 눈앞에서 어른거렸다.

조현명은 과거에 급제하였다. 그 후 벼슬은 영의정에까지 올랐으며 세 번이나 공신 칭호를 받았다. 조현명의 막역한 친구들은 간간이 지난 일을 들어 농을 하였다.

"여보게. 자네가 누구 덕으로 이렇게 호강하는지 알기나 하나. 그게 다 그때 그 환관 아내 덕이라네."

"예끼, 이 사람아!"

그러나 조현명은 그 여인이 간혹 생각났다. 젊었을 때 한때의 일이요, 물론 다시 찾지는 않았으나 그 모습이 선하게 눈앞에 떠오를 때가 있었다.

—《기문총화》 권3

제20화

목석같은 사나이들

청산리 벽계수야 수이감을 자랑마라
일도창해하면 다시 오기 어려워라
명월이 만공산하니 쉬어간들 어떠리

이것은 황진이의 유명한 시조이다.

흘러가는 물을 향하여 한 번 바다에 이르면 다시 올 수 없으니 달 밝은 밤에 쉬었다 가면 어떻겠느냐는 뜻이다.

그러나 사실은 명월이란 황진이의 이름이고, 벽계 고을의 수령에게 연연한 정감을 토로하여 쉽게 떠나는 것을 만류한 것이라고 한다.

이러한 여인의 호소에 대하여 벽계수가 과연 머물러 회포를 풀었는지 매정하게 뿌리치고 떠나고야 말았는지 자세하지 않다.

어쨌든 예로부터 호색적인 사나이가 많았던 것과 같이 매정한 사나이도 많았었다.

과부의 연서

고려 충렬왕 때 과거에 급제하여 여러 벼슬을 지내고 지위가 판삼사사에까지 이른 김태현(金台鉉)이란 사람이 있었다. 그는 이목구비가 수려하여 마치 그린 듯한 미남인데 어릴 때 선배의 집에 다니며 글공부를 하였다. 선배는 김태현이 슬기로워 글공부를 잘하는 것을 기특하게 여겼으며 생김새 또한 뛰어났음을 어여삐 여겨 자주 집에서 음식 대접을 하곤 하였다.

그런데 이 집에 과부가 되어 외롭게 지내는 딸이 있었다. 이제 시집가도 좋을 나이에 과부가 되었으니 그 정경이 서글펐다. 과부는 한 번 김태현을 보자 얼이 빠지고 몽롱해져 눈은 언제나 꿈꾸는 것 같았다. 그래서 김태현이 이 집에서 음식을 먹게 되면 그녀는 갖은 정성을 다하였다.

그러나 그러한 정성만으로는 연연한 정을 다 할 수 없어 하루는 큰 결심을 하였다. 김태현이 혼자 있는 틈을 타서 무엇인가 적은 쪽지를 슬며시 던졌다. 김태현은 책을 읽다가 눈앞에 쪽지가 떨어지는 서슬에 흘깃 쳐다보았다. 문틈으로 흰 손이 보일 따름이었으나 누구인지 짐작할 수 있었다.

'무얼까?'

잠시 망설이다가 쪽지를 집어 들어 펼쳐 보았다. 시

한 구절이 적혀 있었다.

　말 타고 오는 서생은 뉘 댁 도령인지
　석 달 동안이나 이름도 모르고 지냈도다
　이제야 비로소 김태현임을 알았네
　가는 눈과 긴 눈썹 그립기만 하여라.

　김태현은 너무 황당하기만 했다. 전혀 반갑지 않고 얼굴이 찌푸려졌다.
　'이거 큰일이로구나. 내게 엉뚱한 생각을 품고 있는 모양인데 그럴 수야 있나. 나는 과부에게는 추호도 생각이 없거든…….'
　이날로 김태현은 발을 끊었다. 영문을 모르는 선배는 여러 모로 까닭을 물어보기도 하고 달래기도 하였으나 김태현은 다시는 그 집에 가지 않았다. 이유야 어떻든 무척 매정하고 쌀쌀한 사나이였다. 심중을 토로한 젊은 과부는 그 후 어찌 되었을까.

　　　밤에 찾아온 처녀

　같은 시대인 충렬왕 때 벼슬이 첨의중찬인 허공(許珙)이란 사람이 있었다. 그는 인정이 남달리 많아서인지

기이한 행동을 하곤 했다. 젊은 시절 하인을 거느리고 다니다가 짐승의 뼈다귀라도 땅에 구르는 것을 보면 그냥 지나치지 못했다.

“저것을 묻어 주어라.”

하인으로서는 달가운 일이 아니었으나 상전이 시키는 일이라 별 수 없이 뼈다귀를 묻곤 하였다. 뼈다귀뿐 아니라 썩어 가는 짐승의 시체도 보게 되면 묻으라 하였다.

허공은 또 거문고를 잘 탔다. 기쁜 일이 있거나 슬픈 일이 있거나 언제든지 거문고를 당겨 거기에다 감정을 쏟았다.

어느 달 밝은 밤 허공이 뒷마루에 앉아 달빛을 받으며 거문고를 타고 있었다. 풀벌레 소리도 들리지 않고 온 천지는 다만 달빛과 거문고 소리로 가득 차 있었다.

이웃집과 사이에 엉성한 울타리가 있을 뿐이었다. 그날 이웃집 처녀가 너무 달이 밝아 잠을 이루지 못하고 서성거리다가, 거문고 소리에 끌려 울타리 가까이에 와서 몸을 숨기고 들여다보았다.

‘마치 신선 같구나.’

처녀는 가늘게 한숨을 몰아쉬다가 더 참을 수가 없어, 무엇에 끌리기라도 한 듯 울타리 사이로 들어가 허공 가까이로 갔다.

“어?”

허공은 문득 손을 멈추고 처녀를 바라보았다. 이웃 처녀라고는 어렴풋이 짐작이 갔으나 짐짓 물었다.

"뉘시오?"

"이웃에 사는 사람입니다."

"……."

하도 달이 밝고 거문고 소리가 맑기에……."

"……."

"좀더 가까이에서 듣고자 무례를 무릅쓰고 왔습니다."

허공은 냉랭하게 말했다.

"이미 야심한데 외간 남자를 찾아오다니 이 어찌 도리라고 하겠습니까?"

" ……."

처녀는 무안해서 고개를 숙이고야 말았다.

"이는 예의가 아니니 어서 돌아가시오."

"……."

처녀는 한 마디 대답도 못하고 머뭇거리고 섰다가 힘없이 돌아섰다.

이날부터 허공은 다시는 거문고에 손을 대지 않았다.

담 너머 짝사랑

정인지(鄭麟趾)라고 하면 유명하다. 조선 왕조 태종

때 과거에 장원급제하고 벼슬은 점차 올라 원상을 지냈
었다. 그는 공신 칭호를 받기도 여러 차례 하였으며, 성
삼문·신숙주와 더불어 '한글'을 만드는 데 참여하였다.
정인지는 어렸을 때 홀어머니를 모시고 살았다. 매일 외
사(外舍)에서 밤이 깊도록 글을 읽었는데, 이웃에 사는
처녀가 짝사랑을 하다가 큰 결심을 하고 밤에 울타리를
넘어 찾아왔다. 찾아온 것만이 아니라 대담하였다.

　"소녀는 이웃에 사는 사람인데 한 번 가까이에서 뵙
고자 왔습니다."

　정인지는 당황해했다.

　"웬일? 어서 돌아가시오. 나는 전혀 모르는 일이고
또 이렇게 밤늦게 남녀가 마주앉아 있는 것은 옳지 못
한 노릇이오."

　처녀는 큰 결심을 하고 찾아와서 호소하는 터라 순순
히 물러가지 않았다.

　"이 타는 듯한 심중을 모르시겠습니까?"

　"모르겠소이다. 어서 돌아가시오."

　처녀는 독기가 올랐다.

　"규중처녀로서 이렇게 왔으면 그 심중이 어떠하겠습
니까? 만일 모르신다고 하면 큰소리로 사람을 부르겠습
니다."

　"……."

　정인지는 난처해졌다. 만일 처녀가 소란을 피우게 되

면 누구나 정인지가 처녀를 억지로 끌어들여 욕을 보이려 하였다고 믿을 것이었다. 누구도 처녀 쪽에서 짝사랑을 호소하다가 발악하는 중이라고는 믿지 않을 것이었다.

"어떻게 하시겠습니까?"

정인지는 등골에서 식은땀이 흐르고 마음이 황급해졌다.

"그렇게까지 마음먹은 줄은 몰랐소이다. 내 정식으로 매파를 보내 아내를 삼을 것이니 오늘은 돌아가시오."

처녀가 그 말을 믿고 돌아갔는데 정인지는 어머니를 졸라 이튿날 이사 가고야 말았다. 그러자 처녀는 분을 이기지 못하여 스스로 목매어 자결하였다.

김태현·허공·정인지 모두 매정한 면이 두드러진 사람들이었던 모양이다.

—《고려사》105, 《어우야담》

제21화

멍청한 사내들

평양 기생 무정개(武貞介)

무정개라는 평양 기생이 있었다.

워낙 생김새가 출중해 한 번 대한 사나이들은 넋을 잃고 반해 버려 그 치맛자락에서 헤어나지 못하였다. 유판서도 평양에 왔다가 그녀를 보고는 단박 반하여 잠시도 곁을 떠나지 못하게 하였다.

"이곳이 색향이라고 진작부터 들었다만 너 같은 절색이 있을 줄은 몰랐구나. 내가 진작 오지 못한 것이 한이 될 따름이다."

무정개는 생김새가 뛰어났을 뿐 아니라, 유판서를 받드는 데도 가히 입 안의 혀같이 교태가 대단하였다.

"대감을 뵈니 쉰네는 비로소 몸을 의탁하고 평생을 섬길 어른을 만난 듯 합니다."

유판서는 더욱 녹아내리는 듯했다.

"과연 그러냐?"

"어찌 거짓을 아뢰겠습니까?"

"너와 나는 천정연분이로구나."

"대감께서 버리지나 마십시오."

"그게 어디 가당키나 하는 소리냐? 네가 다시는 내 곁을 떠나게 하지 않으마."

그는 여러 고을을 두루 다녀야 하는데 그때마다 무정개를 데리고 갔다. 어느 고을에서나 그곳 수령이 대령하는 기생은 모두 마다하고 오로지 그녀만을 애지중지하였다.

그러다 어느 고을에 이르러서의 일이다. 하인이 무정개를 보자 반색을 하였으며 무정개도 감개가 무량한 듯했다.

"그래 나리께서는 한양으로 돌아가셨는가?"

"그렇소이다. 떠나실 때에도 내내 낭자를 잊지 못해 하셨소이다."

"마땅히 그럴 것이로다. 나도 여태껏 나리를 못 잊고 있으니 나리인들 심정이 어떠하겠는가?"

무정개는 지나간 날을 회상하고 그 사나이가 잊혀지지 않은 듯 연방 눈물을 닦았다.

유판서의 하인이 보니 적이 어이없고 한심하기만 하였다. 여인의 마음이란 다 저런 것인데 우리 주인만 멋모르고 빠져 있구나 여겨졌다. 또 같은 사나이로서 분이 치밀어 오르기도 하여 주제넘게 나서서 책망했다.

"아니, 들어보니 가관이로구료. 지금 두 사람이 하는

수작을 들으니 낭자는 전에 사귀었던 사람을 잊지 못하여 눈물을 흘리고 있지 않소? 그러니 우리 주인을 대단치 않게 여기고 있음이 분명하구려."

그러나 무정개는 눈썹 하나 까딱 않고 대답했다.

"허, 그건 모르는 소리고 사리를 분별하지 못하는 말이로다. 내가 그대의 주인을 위하여 수절하다가 불행히 다른 사람을 모시게 됐을 때 만일 그대를 만난다면 어떻게 할 줄 아는가? 아마 오늘의 십 배는 더 눈물을 흘리고 지난날을 그리워할 것이 분명한데 그런 사리를 왜 모르는가?"

책망하던 자는 어이없어서 다시는 말을 하지 못하였다.

뱀이 된 남원 미녀

왕족인 파성령(坡城令)은 남원에 갔다가 한 기생을 가까이 하게 되었다. 그런데 그 기생이 어찌나 감칠 맛있게 굴고 다정하였던지 파성령은 육례를 갖추어 맞아들인 아내 같이 자기를 위하여 절개를 지키리라고 굳게 믿었다. 그러기에 떠날 때 눈물을 흘리며 못내 아쉬워하였다.

"나는 떠나야 하고 사사로이 온 것이 아니라 너를 데려갈 수 없으니 딱하구나. 내 간장이 다 녹는 듯하다.

내 몸은 비록 떠나지만 마음은 언제나 이곳에 있을 게
다."

기생 역시 눈물을 흘렸다.

"대감께서 떠나신 뒤 이 몸이 무슨 낙으로 살아 있겠
습니까? 차라리 죽어서 뱀이 되어서라도 대감 계신 곳
에 가고 싶습니다."

"네 생각이 마땅히 그리리라. 내가 잘 안다."

파성령은 가슴을 치며 대성통곡하였다. 그 모양이 얼
마나 가소로웠던지 소문이 삽시간에 퍼졌다. 가까운 고
을뿐 아니고 멀리까지 이 소문은 파다하여 누구나 파성
령을 얼빠진 사람으로 여겼다.

파성령이 남원을 떠나 북으로 가서 공주를 지나게 되
었다. 공주 목사는 정희현(鄭希賢)이었는데 벌써 소문을
들었다.

'기생에게 혹하여 넋이 허공에 뜬 사나이가 오는구나.
한 번 골려 주고 심심파적이나 해야겠다.'

정희현은 파성령을 맞는 날 미리 뱀을 잡아 죽여 자
리 밑에 숨겨 두게 하였다.

술자리가 벌어졌을 때 정희현은 시치미를 떼고 말했
다.

"남원은 어땠습니까? 산천이나 인물이 볼 만한 게 있
던가요?"

"후유……."

파성령은 두고 온 기생 생각이 나서 한숨을 몰아쉬고 눈물을 닦아 내었다.

정희현은 모르는 체 술만 권하다가 미리 감춰 둔 뱀의 꼬리를 드러나게 하고는,

"아니, 웬 뱀인가?"

짐짓 놀라는 듯 외쳤다.

그러자 파성령은 가슴을 치며 말했다.

"오호라, 네가 나를 못 잊어서 죽어 뱀이 되어 여기에 왔구나."

파성령은 흉측한 뱀의 시체를 애지중지 끄집어내어 제 옷에 싸서 후하게 장사지내고 또 한 바탕 통곡을 하였다. 정희현을 비롯하여 모두 외면하고 피식피식 웃었으나, 파성령은 하늘이라도 무너지고 땅이라도 꺼진 듯 애통해하기만 하였다.

의관과 새서방

한 벼슬아치의 애첩이 외간 남자와 은근히 정을 통하고 있었다. 상대는 내금위 소속의 겸사복장이라는 지위에 있는 자였는데, 벼슬아치가 없는 틈을 타서 숨어들어 수작을 벌이곤 하였다.

어느 날 이 자와 더불어 한창 불의의 관계를 맺고 있는데 벼슬아치가 돌아왔다.

‘내가 대궐에서 이렇게 일찍 돌아올 줄은 모를 텐데 얼마나 기뻐하고 반가워할까?’

배포 좋은 벼슬아치는 애첩 생각을 하며, 흐뭇한 마음으로 돌아와 헛기침을 하였다.

“에헴.”

애첩이 좋아라고 뛰어 나오기를 바랐던 것이다.

그런데 방안에서 수작을 벌이고 있던 두 사람은 기급을 하게 놀랐다.

“크, 큰일 났구나.”

“어서 피해야겠다.”

계집은 급한 대로 치마만 걸쳐 노출된 아랫도리를 감췄으며, 사내는 허겁지겁 바지 끈을 매며 밖으로 뛰어 나왔다.

“거 뉘시오?”

벼슬아치는 뜻하지 않았던 일에 눈이 둥그레졌다.

“나, 나는 의관이오.”

급한 대로 아무렇게나 갖다 댄 대답이었다.

“의관? 의관이 무슨 일로?”

“그대가 몸이 불편하다는 소문이 돌아 정원에서 보내어 왔소이다. 못 만나고 그냥 돌아가려던 참인데 마침 잘 되었소이다.”

벼슬아치는 입이 쩍 벌어졌다. 정원이라면 왕명을 받아내는 곳인데, 그곳에서 의관까지 파견하였다니 이는 임금이 자기를 소중히 여기고 있는 것으로 해석되기 때문이었다.

"성은이 망극하오."

"……."

"나야 몸이 든든하지만, 기왕 오셨으니 내 애첩이나 좀 진맥해 주시오."

"그럽시다."

결국 벼슬아치는 의관이라는 자를 안으로 데리고 들어가 제 애첩의 맥을 짚게 하였다.

두 사람이 쳐다보는 눈길은 의미심장하였으나 아무것도 모르는 벼슬아치는 연방 싱글벙글 하고 술상까지 차리게 하여 두둑이 대접하였다.

그 후 애첩이 병이 나자 벼슬아치는 정원에 가서 의관을 찾았다. 정원에 그런 의관이 있을 까닭이 없었으며, 이후로 새서방을 의관이라고 부르는 풍조까지 생겼다. 그러나 벼슬아치는 끝내 사실을 모르고 지나갔다.

여인을 울리는 사나이도 많지만 또한 멍청한 사나이들도 세상에는 허다하였던 모양이다.

―《송계만록》 하

제22화

나리 길들이기

김광준(金光準)은 중종 때 별시문과에 급제하여 벼슬이 대사간을 거쳐 판돈령부사에 이르렀던 사람이다. 김광준의 사위 박돈복(朴敦復)이 한동안 처가에 머무르고 있었을 때 일이다.

박돈복은 색을 좋아하여 밤이면 밤마다 슬며시 방을 빠져나갔다. 아내가 잠들기를 기다려서 밖으로 나가 계집종의 방으로 기어들곤 하였다. 그런데 그것이 버릇이 되자 점점 행동이 대담해지면서 하나도 아니고 좀 반반하다 싶은 계집종은 모조리 범하였다.

꼬리가 길면 밟히는 법이어서, 이 일을 박돈복의 아내인 젊은 아씨가 알게 되었다. 가슴이 떨려 목에 매달려 앙탈도 하고 싶고, 또 미운 생각에 얼굴을 할퀴고도 싶었다. 그러나 점잖은 양반집 아씨로서 마음대로 할 수 없어서 벙어리 냉가슴 앓는 격으로 기회가 오기만을 기다렸다.

어느 날 아씨가 밤에 잠든 시늉을 하고 동정을 살폈다.

박돈복은 그러한 아씨의 생각을 꿈에도 모르는 터라 눈을 말똥말똥 뜨고는 밤이 깊기만을 기다렸다.

'이제 잠이 들었겠지…….'

박돈복은 부시시 일어나 엉거주춤하고 아씨를 내려다보았다. 아씨는 시치미를 뚝 떼고 가늘게 코를 고는 시늉까지 하여 보였다.

'됐어…….'

박돈복은 빙긋이 웃고는 살며시 문을 열고 밖으로 나섰다. 몸에는 실오라기 하나 걸치지 않은 벌거숭이였다.

아씨에게 수상한 기미를 보이지 않으려고 굳이 옷을 훌훌 벗고서 자리에 누웠다가, 빨리 계집종의 방으로 가야겠다는 마음에 벌거벗은 채 나선 것이었다. 또한 밤이 깊어 집안사람들이 깊이 잠들어 있으리라고는 생각에 거리끼지 않았던 것이다.

박돈복이 대청을 내려서려는데 그때 방안에 누워 있던 아씨가 벌떡 일어나 소리쳤다.

"도둑이야!"

박돈복으로서는 뜻밖의 일이었다. 어찌할 줄을 모르고 그 자리에서 주춤했다.

"도둑이야!"

아씨가 또 찢어지는 듯한 소리로 외치자, 중문이 삐거덕하고 열리는 소리가 났다.

누군가 하인이 들어오는 모양이었다. 그러자 박돈복

은 급한 김에 대청 밑으로 기어들었다.

과연 중문 안으로 들어온 것은 하인이었다.

"무슨 일입니까?"

"도둑이야!"

아씨가 또 외쳤다.

집안이 삽시간에 소란해지자 모든 하인들이 다 일어났고 사랑채에서 자던 김광준도 달려 나왔다.

"뭐라고? 집에 도둑이 들었어? 뭣 하고 있느냐? 어서 불을 밝히고 도둑을 잡도록 하라!"

여러 개의 횃불이 마련되자 집안을 샅샅이 뒤지기 시작하였다. 계집종들은 겁에 질려 한 덩이가 되어서 오들오들 떨기만 하였다. 늙은 유모는 황망히 아씨 방으로 들어가 위로했다.

"얼마나 놀라셨습니까?"

"……."

아씨는 박돈복이 도둑으로 몰려서 망신당할 생각을 하니 고소하고 재미있어서 빙긋이 웃었다.

하인들이 손에 손에 횃불을 들고 뒤졌으나 도둑은 보이지 않았다. 대청 위에 떡 버티고 서 있는 김광준이 다시 호령했다.

"뭣들 하고 있느냐? 집에 도둑이 들었는데도 못 잡아? 다시 한번 샅샅이 뒤져라. 아궁이 속도 보고 수채 구멍도 보고 쥐구멍까지도 뒤져라!"

하인들은 다시 광 속이며 집안을 전부 뒤지고 나중에
는 방까지 뒤졌다.

한 하인이 대청 밑을 무심히 들여다보다가 소리쳤다.

"여기 도둑이 있다!"

"뭐라고?"

모두 우르르 몰려와 횃불로 비쳐보니 과연 납작 엎드
려 있는 벌거숭이의 모습이 보였다. 아마도 도둑이 급한
김에 대청 밑으로 들어갔나 보다 하곤 각기 한마디씩
외쳤다.

"이놈! 어서 나오너라!"

"발각되었으면 나와야지!"

그러나 박돈복은 얼굴을 파묻고 꼼짝하지 않았다.

김광준은 노기등등했다.

"이놈, 썩 나오지 못 할까?"

"……."

"나오라고 할 때 나오지 않으면 엄벌을 받으리라."

그래도 아무 대답이 없자 옆의 하인에게 명했다.

"저놈의 엉덩이를 지져라. 횃불을 디밀어 엉덩이를
지지란 말이다. 불로 지지는 데에야 제가 안 나오고 못
배기겠지."

고개를 파묻고 납작 엎드려 있는 박돈복의 엉덩이가
두드러져 보이자 불로써 다스리려는 것이었다.

박돈복은 진퇴유곡이어서 식은땀만 흘리고 있었다.

김광준의 명을 받아 하인이 횃불을 들이려고 하는 순간 순개라는 계집종이 황망히 나섰다.

"자, 잠깐만요, 대감마님!"

"뭐야? 넌 뭐야?"

김광준은 이판에 계집종이 나서다니 요망하다고 여겨 얼굴을 찌푸렸다.

"대감마님, 저 엉덩이는 아마도 나리 엉덩이인 듯싶습니다."

"뭐라고?"

참으로 엉뚱한 말이었다.

"틀림없습니다."

"허허, 별 고얀 소리 다 듣겠다."

"서두르지 마십시오."

계집종의 말이 너무 당돌하기에 김광준은 딸의 방을 향하여 물었다.

"애야, 박 서방 있느냐?"

아씨는 사태가 이렇게까지 될 줄은 몰랐던 터라 안절부절 못하고 있다가 기어드는 소리로 대답했다.

"없습니다."

"뭐 없어?"

김광준은 괘씸한 생각이 들어 하인들에게,

"그럼 불로 지지지는 말고 발목을 잡아 끌어내어 보아라."

발목을 잡혀 질질 끌려나온 벌거숭이 사나이는 틀림없는 박돈복이었다.

박돈복의 꼴은 참으로 말이 아니었다. 김광준은 어이가 없어 혀를 찼다. 겁에 질려 한 덩이가 되었던 계집종들은 피식피식 웃었다. 김광준은 분이 치밀어 올랐다.

"허, 무슨 꼴인가?"

그러고는 모든 식구와 하인들에게 외쳤다.

"뭣들을 하고 있느냐, 어서 물러가거라."

그러고는 사랑채로 나가 버렸다.

박돈복은 얼굴도 쳐들지 못하고 방으로 기어들어가 이불을 뒤집어썼다. 이튿날에도 감히 일어나지 못하였다. 망신스러워 누굴 쳐다볼 수도 없었다.

아씨는 고소하기는커녕 간이 콩알만 해지도록 놀랐으나 무사히 일이 끝난 것만도 다행으로 여겨졌다.

'큰일 날 뻔했지, 순개가 재빠르게 나서지 않았더라면 큰일 날 뻔했어.'

그래서 아침에 한 상 잘 차려놓고 순개를 불렀다. 순개는 불러와서 주뼛거리고 섰는데, 아씨는 웃는 얼굴로 말했다.

"네 공이 크다. 네 공을 가상히 여겨서 특별히 내가 음식을 좀 내리니 어서 먹어라."

"……"

순개는 고개를 외로 꼬고 앉아 있기만 하였다.

"어서 먹어!"

"……."

순개는 상전의 분부를 감히 거역할 수 없으므로 마지못하여 수저를 집어 들었다. 아씨는 다시 한번 대견하게 여겨졌다.

"어제 일은 네가 아니었더라면 큰일 날 뻔하였다."

"……."

"나리께서 정말 큰 실수를 하신 것이다. 그리고 내 장난이 좀 지나쳤고……네가 민첩하지 않았더라면, 나리 엉덩이는 온통 지져질 뻔하였구나."

순개는 수저를 들기는 하였으나 여전히 바늘방석에라도 앉은 듯했다.

"어서 먹어!"

"……."

이때 아씨의 머릿속에는 야릇한 생각이 번개같이 스치고 지나갔다.

"그건 그렇고……도대체 너는 어떻게 나리의 엉덩이를 알아볼 수 있었더냐?"

순개는 기급을 하게 놀라더니 수저를 던지고 밖으로 뛰어 달아났다.

"요런 배라먹을 년 같으니라고……."

—≪청강쇄어≫

제23화

아름다운 나무토막

　　박온(朴溫)이라는 사람이 관서 지방에 놀러가 대동강 변에서 술좌석을 벌이고 있었다. 그런데 그때 한 여인이 소를 타고 지나가는데 나이가 사십쯤 되어 보이고 자태가 아주 뛰어나게 아름다웠다.

　　박온은 장난기 섞인 말투로,

　　"그대는 보통 사람이 아닌 듯한데 어찌 소를 타고 지나가는가?"

　　"첩은 원래 평양 기생이었는데 지난날 발을 상하여 이렇게 구차하게 소를 타고 다닙니다."

　　기생이었다는 말에 힘을 얻은 박온이 말했다.

　　"허허, 그런가. 그리 바쁘지 않거든 나와 더불어 술이나 몇 잔 나누고 가면 어떻겠나?"

　　기생은 사양하지 않고 술자리에 참여하였다. 박온은 발을 상하였다는 말이 마음에 걸려 여인의 발을 유심히 살펴보니 말이 아니었다. 술이 몇 순배 돌고 난 후 박온이 물었다.

　　"발을 상했다 해서 보니 형벌이라도 몹시 당한 듯하

구나. 왜 그렇게 되었는지 까닭이나 이야기해 주지 않겠
나?"

"오래 된 이야기고 신통치도 않지만, 과히 역겹지 않
으신다면 신세 한탄이나 할까요?"

"한 번 들어 보자."

기생은 다음과 같은 이야기를 하기 시작하였다.

첩은 생김새가 뛰어나 어려서부터 많은 어른을 섬겼
습니다. 이곳 평양에 오는 한다하는 어른들 잠자리에는
언제나 제가 있었습니다.

그런데 한 번은 강이라는 성을 가진 사람이 찰방 벼
슬을 하여 평양에 왔습니다. 술자리가 벌어졌을 때 평양
의 소윤(少尹)인 윤처공(尹處恭)이 첩에게 술을 따르라
고 하였습니다. 첩은 강 찰방에게 홀딱 반하여 옆에서
보기에도 기이하게 여길 정도로 퉁기듯 일어나서 잔을
권하고 술을 따랐습니다.

윤처공은 기이한 눈으로 첩을 바라보았습니다.

"허허, 네가 단단히 얼이 빠진 모양이로구나. 오늘 밤
네가 어디에서 자려는지 묻지 않아도 알겠다."

밤이 깊어 술자리가 끝나자 첩은 염치 불구하고 강
찰방을 따라갔습니다. 누가 시킨 것도 아니고 강 찰방이
이끌지도 않았는데, 첩은 마치 몸이 제비라도 되어서 날
기라도 하듯 가벼웠습니다.

따라가 보니 강 찰방은 첩에게는 생각이 없는지 그대로 쓰러져 코를 골고 깊이 잠들었습니다.

첩은 안타깝고 답답하였으나 어쩔 도리 없어 그 옆에 쪼그리고 앉은 채 꼬박 밤을 새웠습니다.

이튿날도 같았습니다. 그러나 첩은 강 찰방을 원망하지 않고, 내가 못생겨서 관심을 끌 수 없는 것만을 원망스럽게 여겼습니다. 이렇게 사흘 밤을 꼬박 새웠습니다.

이쯤 되니 강 찰방도 미안하게 생각하였던지 다음 날에는 일부러 첩을 불러 가까이해 주었습니다. 첩은 소원을 성취하여 어찌나 기뻤던지 이후로는 한동안 음식 맛도 모를 정도로 오로지 강 찰방에게 빠져 있었습니다.

그러던 터에 황보인(皇甫仁)이라는 어른이 양계도체찰사(兩界都體察使)가 되셔서 평양으로 내려오셨습니다. 평안도·함경도를 두루 둘러보기 위하여 우선 평양에 온 것입니다. 관부에서는 이날 밤 첩에게 그 어른을 모시게 하였습니다. 그런 일은 흔히 있던 일이어서 조금도 괴이할 게 없었습니다.

그러나 첩은 워낙 마음과 몸이 강 찰방에게 혹하여 있던 터라 심드렁하게만 여겨졌습니다.

황보인 어른은 등잔불 밑에서 유심히 바라보시더니 말씀하셨습니다.

"허허, 이곳이 색향이라고는 들었다만 너는 과연 절

세미인이로구나."

"······."

첩에겐 그런 칭찬이 조금도 기쁘지 않았습니다.

"이리 가까이 오너라."

"······."

황보인 어른은 첩을 얼싸안고 한참 어루만졌지만 첩은 오로지 강 찰방만 생각했으니, 아마 그 어른으로서는 나무나 돌을 얼싸안고 있는 것 같았을 겁니다. 첩의 욕심대로라면 뿌리치고 일어나 강 찰방에게 가고 싶었지만, 첩을 이 방에 들여보낸 소윤인 윤 처공이,

"너 잘 알겠지만 오늘은 각별히 잘 모셔야만 하느니라."

하던 말이 생각나서 몸을 내맡기고 누워 있었습니다.

그 어른의 손길은 참으로 다감하여 강 찰방보다 더욱 다정하였지만 첩에게는 귀찮게 여겨졌습니다.

그러나 그것만이 아니었습니다. 그 어른이 두루 여러 고을을 다니는데 첩이 모시고 다녀야만 한다고 했습니다. 강 찰방을 생각하면서 고역으로 하룻밤을 치렀는데, 모시고 가야 한다니 매우 답답하기만 하였습니다.

어쨌든 첩은 관부의 명령을 어길 수 없어 따라나섰으며, 그 어른은 한결같이 첩을 살뜰하게 대해 주었습니다. 그 어른으로서는 아름다운 나무토막을 가지고 다닌 것과 다름이 없었을 것입니다.

관서 지방을 돌고 동북계로 들어섰는데, 하루는 경흥에 이르러서의 일이었습니다. 높은 언덕에 올라 북쪽을 한참동안 바라보시더니 말씀하셨습니다.

"눈에 보이는 게 모두 오랑캐 땅이로구나. 내 고향은 얼마나 멀리에 있나?"

그러고는 옆에 있던 첩을 돌아보시고는 농 섞인 말로 물어보셨습니다.

"만일 내가 이 오랑캐 땅에서 잘못되어 너와 영 이별한다면 너의 마음이 어떻겠느냐?"

첩은 그때 강 찰방 옆에 있지 못하고 멀리까지 따라오게 된 것을 원망스럽게 여기고 있던 터라 나도 모르는 사이에 퉁명스럽게 대답했습니다.

"그것이야 사명을 띠고 오셨다가 당하는 변이지 어찌 첩의 죄라고야 하겠습니까?"

그 어른은 섬뜩 놀라 첩을 물끄러미 바라보시더니 껄껄 웃으셨습니다.

"허허……그건 네 말이 옳다."

"……."

"내가 공연히 헛소리를 하였구나."

"……."

그 후로 그 어른은 다시는 첩에게 말을 걸지 않으셨습니다. 점잖은 어른이라 책망은 하지 않으셨지만 아주 정나미가 떨어진 것입니다. 밤에도 첩을 가까이 하시지 않았습니다.

그러나 첩은 오히려 다행으로 여기고 있었습니다. 강 찰방 아닌 다른 사람의 품에 안기지 않은 것만을 다행이라 생각했습니다.

돌아오는 길에 평양 가까이 이르자, 관부에서 보낸 사람이 한 기생을 거느리고 왔습니다. 첩이 무례한 소리를 하였다는 소문이 퍼져 다른 기생으로 바꾸려는 것이었습니다. 그러나 그 어른은 고개를 저었습니다.

"소용없느니라!"

"예?"

"다른 기생을 내게 데려올 필요 없단 말이다."

"……."

나는 이 근처 고을을 두엇 더 돌고 가겠으니 너는 그 기생을 도로 데리고 가거라."

평양 관부에서는 큰 책망을 듣게 될까봐 쩔쩔 매면서 벌벌 떨고 있었습니다.

그 어른이 평양에 도착하자 감사가 크게 잔치를 벌였습니다. 그러나 그 어른은 조금도 기쁜 내색이 없으셨으니, 감사 이하 모두 어찌 할 바를 모르고 송구스러워 했습니다. 그 자리에서 그 어른은 소윤인 윤 처공을 돌아보시고 첩을 가리키며 말씀하셨습니다.

"자네가 권한 기생은 이제 자네에게 돌려주네."

그 어른이 떠난 뒤 윤 처공은 노발대발해서 첩에게

혹독한 형벌을 내려, 일 년 이상이나 사경을 헤매었고, 드디어 이런 병신이 되었습니다.

　그 후 감사와 소윤 강 찰방 모두 다른 곳으로 옮겨 갔으며, 오직 첩만 안타깝게 폐인이 된 채 남았습니다.

　여인은 이야기를 마치자 눈물을 비 오듯 흘렸다. 박온은 잔을 권하며 위로하였다.

　"어찌 여인이라고 싫고 좋은 것이 없겠나? 내키는 대로 행동한 풍류야 가슴에 남아 있지 않은가?"

—《청파극담》

제24화

마님의 병

　무안현감인 최중기(崔仲基)에게는 하나의 걱정거리가 있었다. 공무에는 어려울 것이 없었으나 부인인 감동(甘同)의 몸이 아프다는 호소를 해결할 방법이 없었다.

　감동은 혈색이 나쁘거나 병석에 누워 있는 것은 아니었다. 산진 몸에는 윤이 흐르고 끼니는 꼬박꼬박 잘 먹으면서도 항상 아프다고 하는데, 그것도 날이 갈수록 심하여졌다. 더구나 어디가 아프냐고 물으면 온 몸이 쑤시고 저리다고 했다. 최중기는 유명하다는 의원은 모조리 불러다 보였으나 어느 의원도 무슨 병인지 알아내지 못하자, 매일같이 달여 바치는 약도 효험이 없노라고 감동은 고개를 내저었다.

　결국 감동의 소원대로 서울로 돌아가 조리하라고 허락하였다.

　"부인, 부인의 병이 심상치 않고 이곳은 시골이라 의원도 쓸 만한 사람이 없는 모양이오, 서울에 가면 혹 좋은 의원을 만날지도 모르는 노릇이니, 잠시 친정에 가 있도록 하시오."

서울 빈 집에서 병 조리를 하느라고 애쓰지 말고 잠시 친정에 가서 대책을 세워보라는 당부였다.

먼 임지에서 부인만을 떠나보내는 최중기는 마음이 아팠으나, 감동은 가슴이 부푸는 듯 서둘러댔다. 최중기는 그런 부인의 태도가 병을 고칠 수 있는 것이 기꺼워서 그러려니 짐작되면서도 뭔가 위태해 보였다.

감동은 몇몇 하인을 거느리고 호젓하게 떠났는데, 수심이나 두려움은 추호도 없고 무안 고을을 벗어나자 늘어지게 기지개를 켰다.

'아아, 살 것 같구나. 꽃도 피고 새는 우는데, 이제까지 촌구석에서 너무 지루하고 따분했지.'

서울에 돌아온 감동은 친정으로 가지 않고 빈집과 다름없는 본집으로 들어갔다. 도착한 날은 늘어지게 잠을 자고 이튿날은 느지막하게 일어나 호젓하게 집을 나섰다. 양반집 부인답게 꾸미는 것도 아나요, 누구를 거느리고 나가는 것도 아니었으니, 시중드는 계집종의 눈이 둥그레졌다.

"마님, 어디를 가세요?"

"요년! 그건 알아 무엇 하려고?"

"쇤네가 모시고 갈까요?"

"넌 집에 있어. 내가 길 잃을까봐서 그러느냐?"

"……."

계집종은 고개가 갸웃해지기는 하였으나 더 묻지 않

았다. 요란스럽지 않게 어디 의원을 찾아가거나 점치러 가는 길이려니 짐작했기 때문이었다. 또 양반집 마님 같은 티를 내지 않고 가는 것이 좋겠다고 여겨져서 상민 차림으로 혼자 가는 것이라고 생각했다.

감동은 이 골목 저 골목을 정처 없이 헤매었다. 더러는 싸움 구경을 하다가 까르르 웃기도 하고 사나이들이 너털웃음을 터뜨리는 주막 가까이도 서슴지 않고 기웃거리기도 하였다.

날이 어두워지자 어느 골목에선가 술 취한 사나이에게 희롱을 당하였다.

"어, 어디 가는 누구요?"

"……."

"얼굴이나 봅시다."

다가와서 빤히 쳐다보아도 감동은 얼굴을 피하거나 돌아서지 않았다. 그러자 술 취한 사나이는 용기가 생기는 듯 팔을 덥석 잡았다.

"이봐! 너 은근짜지?"

"……."

감동은 야릇한 흥분과 끓어오르는 웃음을 참으며 고개를 끄덕였다.

"내 어쩐지 그런 줄 알았다니까……."

"……."

사나이는 더욱 다가서서 술내 나는 입김을 감동의 얼

굴에 뿜어댔다.

"어디 갈 것 있어? 나도 사나이인데 나면 됐지, 어딜 찾아가?"

"……."

감동은 여전히 아무 대답도 하지 않았다. 잡힌 팔을 뿌리치지도 않았다.

이래서 감동은 이 사나이를 따라 어느 집으로 들어갔으며, 난폭하게 이끄는 대로 그 품에 안겼다.

"허, 너 어디에 있는 은근짜지? 꽤 반반하게 생겼다."

"……."

사나이는 거친 숨결을 내뿜으며 으스러지도록 얼싸안았다. 감동은 눈을 스르르 감으며 몸을 내맡기고는 흥분에 떨었다. 입가에는 미소까지 띠었다.

'무안 고을에서의 지루하고 무료하던 나날에 비하면 이건 정말 신선놀음이로구나'라고 생각하면서…….

이튿날 감동은 그 사나이의 이름이 이승이라는 것을 알았으며, 다음에 또 만나기로 약속하고 헤어졌다.

그리고 바로 집에 돌아오니 감동을 쳐다보는 계집종의 눈길이 뭔가 의심쩍어 하는 것 같았다.

"절에 갔다 왔다."

한 마디 던지고는 이내 나른한 몸을 자리에 누이곤 늘어지게 낮잠을 잤다.

감동과 이승의 관계는 시작되고, 여러 날이 지난 뒤

에야 이승은 상대가 은근짜가 아니고 어엿한 양반이라는 것을 알게 되었다.

'홍, 지가 양반이라면 나도…….'

그러나 신분에서 오는 것보다는 유부녀 간통이라는 벌이 두려웠다. 그래서 혼자 그 벌을 당할 것이 두려웠던지 같은 처지의 건달 황치신(黃致身)에게 감동을 소개하였다. 황치신은 히죽히죽 웃으며 이 소개를 기꺼이 받아들였으며, 감동 역시 서슴없이 몸을 내맡겼다.

'기왕이면 사람을 바꿔 가며 노는 게 흥이 나겠지.'

그러다 보니 감동은 이승·황치신뿐 아니라 여러 사나이들 사이를 오락가락하였다. 더구나 밤이 깊어지면 상대를 집으로 끌어들이기까지 하였다.

계집종은 주인마님이 불공드리러 절에 나다닌 것이 아니라는 사실을 알았다. 또 몸에 병이 있어서 서울에 온 것이 아니라는 것도 알았다.

'병은 무슨 병, 화냥질 못해서 몸이 비비꼬이는 병이었겠지…….'

그러나 감히 종 신분으로 주인마님을 탓하거나 말릴 수 없어서 그저 마음속으로 생각만 할 따름이었다.

밤이면 밤마다 안방에서는 간드러지는 웃음과 기묘한 신음소리만이 흘러나왔다. 그런 소리가 뜸한 날이면 어디로 가는지 밖으로 나가 이튿날 대낮에나 돌아오곤 하였다.

얼마 후 무안현감인 최중기는 임기를 다하고 서울로 돌아왔다. 새로 평강현감이 되어 부임해 가는 길에 잠시 본집에 들른 것이었다.

"부인, 병은 어떻소?"

조심스럽게 물었으나 감동은 윤기 나는 얼굴을 찡그려보였다.

"아직 시원치 않아요. 영감님은 혼자 임지로 가세요. 전 여기 남아서 조리를 더해야 되겠어요."

"허!"

아무것도 모르는 최중기는 양미간을 찡그렸다.

계집종은 감히 고자질은 못하였다. 다른 하인들도 눈치는 알면서도 감히 입을 열지 않았다. 그러나 비밀이란 오래 가지 않는 법이어서 최중기는 어렴풋하게나마 낌새를 알아차렸다. 입 밖에 내어 떠들어대기도 망신스러웠다.

"오늘로써 우리의 인연은 끊어졌으니 그리 아시오!"

"……."

감동은 놀라지도 당황하지도 않았으니 이미 뭇사나이를 차지하고 있는 터에 최중기 따위 하나쯤 아쉬울 것이 없었다.

최중기는 다시는 감동을 거들떠보거나, 말을 걸지 않고 임지인 평강으로 떠났다. 감동은 배웅하지도 않았다. 오히려 홀가분해진 느낌이었다.

"시원하다. 이젠 내게 뭐라고 할 사람이 없지."

더욱 마음 놓고 매일 상대를 바꾸어 가며 노느라고 넋이 빠졌다.

그러나 들고 일어설 사람은 최중기만은 아니었다. 사헌부에서 이 일을 규탄하고 나섰으니, 세종 임금도 풍기를 문란하게 하는 일이라 하여 처단을 명령하였다. 드디어 감동과 사나이들은 구금되었다. 사나이들은 신분이 박탈되고 감동은 종의 신분으로 전락되어 먼촌의 관비가 되었다.

"거기에도 사나이는 있겠지……."

감동은 이 지경에 이르러서도 후회의 빛은 없었다. 세종 임금 9년에 있었던 일이다.

—《세종실록》 권37 9년8월

허울 좋은 청상과부

군졸을 거느리고 천천히 말을 모는 이 장군은 자못 거들먹거렸다.

이 장군은 점집을 상진하는 흰 깃발이 꽂힌 집 앞에 이르렀을 때 문득 발걸음을 멈추게 하고 바라보았다. 어느 귀한 집 부인이 점을 치러 왔다가 돌아가는 모양으로 여러 계집종들이 웅성거리고 있었다.

무심히 바라보던 이 장군은 숨이 꽉 막히는 듯 했다. 계집종들에게 둘러싸인 여인은 나이가 스물 두엇쯤 보이는 드물게 보는 미인이었기 때문이었다. 이 장군이 못 박힌 듯 쳐다보자 그 여인 역시 추파를 흘려 이 장군을 쳐다보며 입가에 엷은 미소까지 띠어 보이는 것이 아닌가.

이 장군은 여인이 계집종들을 거느리고 사라진 뒤에야 제 정신이 드는 듯 말고삐를 잡고 있던 군졸에게 명령했다.

“너 저 부인을 따라가 보아라!”

“예?”

"가서 사는 곳이 어디인지 알아오너라."

이날 저녁에 군졸에게서 보고를 들었다. 그 여인의 집은 사제동에 있는데, 지대가 좀 높으며 근처에서 제일 으리으리한 대갓집이라고 했다.

이튿날 이 장군은 사제동에 가서 쉽게 집을 찾을 수 있었지만 그렇다고 불쑥 들어갈 수는 없었다. 좌우를 두리번거리다가 바로 이웃에 활 만드는 집이 있음을 알았다. 무인이 활 만드는 집에 드나듦은 괴이할 게 없으므로 이 장군은 그 집으로 갔다. 이 장군은 늙은 활장이와 친해진 후 공연히 활을 만들게 하여 후한 보수를 주기도 하였다. 그러는 사이에 그 여인이 재상의 딸이며 청상과부라는 사실을 알아냈다.

'청상과부라! 그러면 수작 붙이기 쉽겠구나.'

이 장군은 더욱 열심히 활장이에게 드나들면서 동정을 살폈다. 하루는 한 계집종이 조르르 나타났다.

"할아버지, 불씨 얻으러 왔어요."

"허허, 불을 꺼뜨렸나보군……."

활장이가 계집종에게 불씨를 주고 나서는 이 장군에게 말했다.

"저 아이가 바로 그 댁 아이입니다. 종종 불씨를 얻으러 오곤 하지요."

"음!"

이 장군은 가냘프게 신음하였다. 그러고 보니 이 골

목에서 자주 보던 아이였다.

'장수를 잡으려면 먼저 그 타고 있는 말을 쓰러뜨리란 말이 있겠다…….'

이 장군은 속으로 굳게 다지고는 활장이에게 말했다.

"내가 무엇을 숨기겠소. 내가 이곳에 드나드는 것은 저 댁 청상과부에게 뜻이 있어서요. 이제 그 집 계집종이 이곳에 자주 오는 것을 알았으니 여기서 라면 무슨 꾀가 있을 것도 같소이다. 나를 위하여 수고를 아끼지 않으면 그 은혜는 잊지 않겠소."

늙은 활장이는 어렴풋이 짐작하였던 터라 빙긋이 웃었다.

"무슨 곡절이 있을 것으로 알았죠. 그 아이를 불러 방법을 물어볼 테이니 내일 다시 오십시오."

"그리리다."

이튿날 이 장군이 다시 활장이에게 가니 과연 어제 보았던 계집종을 불러다 만나게 해 주었다.

또 그것뿐 아니라 활장이는 계집종에게 당부까지 했다.

"이 어른의 말씀을 잘 들어라."

이 장군은 다급한 나머지 가지고 온 피륙 꾸러미를 내밀었다.

"변변치 않으나 네게 주겠다. 내 청만 들어 준다면 많은 상을 주리라."

"무슨 일입니까?"

계집종은 별로 놀라는 기색도 없었다.

"무엇을 숨기겠느냐? 내가 거리에서 너희 주인을 보고는 심신이 황홀하고 꼭 꿈꾸는 것 같구나. 네가 나를 위하여 좀 만나볼 수 있는 방도를 강구하여 주지 않겠느냐?"

"그거 쉬운 노릇이죠. 이따가 땅거미가 지거든 대문 밖에 오셔서 기다리고 계세요."

계집종은 어렵지 않게 대답하고는 돌아갔다. 이 장군은 일각이 여삼추로 날이 어둡기만을 기다렸다.

어두워진 뒤 대문 앞에서 서성거리니 과연 계집종이 나와서 손짓을 하였다. 말없이 따라 들어가니 계집종은 대문을 닫아걸고 제 방인 듯한 곳으로 안내했다.

"참고 기다리세요, 그래야만 돼요."

얼마를 기다리니 밖이 소란해졌다. 문틈으로 내다보니 여인이 계집종들을 거느리고 뒷간에 가는 모양이었다. 이 사이에 그 계집종이 와서 이 장군을 인도하여 안방에 딸린 골방으로 들어가게 하였다.

"참고, 참고 기다리세요, 서두르면 큰일 나요."

얼마 후 여인은 돌아와 세수를 하고는 계집종들을 쉬라 하고 방으로 들어섰다.

이 장군은 뛰어나가고 싶었지만 참고 기다리라던 말이 생각나 좀이 쑤시는 것을 참았다.

여인은 화로에 고기를 굽고 술을 데우고 있었다. 이 장군은 아마 나를 대접하려 하나보다고 생각하며 계속 엿보고 있으려니까 뒷문 쪽에 모래 뿌려지는 소리가 들렸다. 그러자 여인이 일어나서 뒷문을 여니 건장하게 생긴 사나이가 성큼 들어섰다.

"기다렸지?"

"그럼요."

사나이는 계집을 얼싸안고 앉아 술을 마시며 고기를 먹기 시작하였다. 사나이가 모자를 벗으니 빡빡 깎은 중머리가 드러났다.

이 장군은 숨이 꽉 막히는 것 같고 몸이 부들부들 떨려 좌우를 더듬으니 운 좋게 밧줄이 잡혔다. 드디어 그 사나이는 여인을 부둥켜안더니 쓰러졌다. 그러자 여인은 제 손으로 치마를 벗기 시작하였다.

이 장군은 더 이상 엿보고 있을 수 없어 골방에서 뛰어나왔다.

"이놈!"

사나이와 여인은 너무 뜻밖의 일이라 몸이 굳어 버리기라도 한 듯 꼼짝 못하고 사색이 되어 버렸다.

이 장군은 불문곡직하고 들고 나온 밧줄로 사나이를 꽁꽁 묶었다. 아마 골방에 아무렇게나 던져두었던 빨랫줄인 모양이었다. 이 장군은 묶은 사나이를 수없이 난타하였다.

"이놈! 이 고약한 놈! 네가 네 죄를 아느냐!"

"사, 살려주십시오, 그저 목숨만 살려주십시오."

"이놈!"

이 장군은 실컷 주먹질을 하고는 여인에게 말했다.

"너도 죄가 가볍지 않다!"

"……."

"치마끈을 푼 꼴이 가관이로구나."

"……."

"네 손으로 벗으려고 하였으니 어서 벗어라, 어서!"

"예."

"너는 나를 모셔야 한다. 아무래도 저 따위 놈보다는 나을 거다. 그러겠느냐?"

"예."

여인은 고개를 끄덕이고는 제 손으로 치마를 벗고 사그라지듯 드러누웠다. 이 장군은 계집종이 몇 번이나 참고 기다리라던 말의 뜻을 비로소 알아채고 빙긋이 웃으며 고개를 끄덕였다.

"어디, 네 년 한 번 두고 보자."

이 장군은 버젓이 여인을 끼고 운우의 정을 나누었다. 목적을 달성한 이 장군은 아직 묶여 있는 사나이에게 다가갔다.

"이놈! 다시 이 방에 얼씬거렸다가는 뼈도 못 추릴 줄 알아라!"

"예, 예……."

"내가 이 계집과 이미 인연을 맺었으니 장차 첩을 삼을까 한다."

"……."

"첩을 삼더라도 예물은 응당 있어야 할 것이니. 네가 대신하여 예물을 마련하겠느냐?"

"예."

울며 겨자 먹기로 사나이는 별 수 없이 승낙하였다.

"알았다. 날이 밝거든 너를 풀어 주마. 그리고 너는 다짐을 잊지 말렷다."

"예."

이 장군은 다시 여인을 얼싸안고 자리에 누웠으며, 여인은 이 장군의 가슴에 머리를 묻었다. 이후로 이 장군은 자주 이 집에 드나들었으며, 여인도 청상과부라는 허울을 벗고 버젓이 첩이 되었다.

—《용재총화》 권5

제26화

수청기생의 꾀

성종 때 이숙도(李叔度)라는 사람이 있었다.

이숙도는 벼슬이 군자감(軍資監)에 소속되어 있었다. 군자감이란 군수품의 저장·관리·출납 등을 맡은 부서였는데 한 번은 지방의 군마를 점검하기 위하여 남쪽으로 내려간 적이 있었다.

공주에 이르러 관찰사를 찾았다. 더구나 이곳 관찰사는 바로 이숙도의 사촌 형님 뻘인 이육(李陸)이었으므로 그들은 더욱 반가워했다.

"형님, 그간 편안하셨습니까?"

"오! 반갑군, 푹 쉬었다 가게나."

이육은 큰 잔치를 벌여 그 자리에 이 고을의 모든 기생을 배석시켰다. 여러 기생들이 제각기 아름다움을 다퉜는데 그 중 연연이라는 기생이 가장 뛰어났다.

"형님, 저 아이가 꽤 잘 생겼군요."

"허허, 네가 보는 눈이 있구나, 저 아이가 이 고을에서 으뜸이다."

"아, 그래요."

"오늘 밤 저 아이가 너를 모시도록 분부를 내리마."

이숙도는 더욱 주흥이 도도하여 연거푸 술을 마셨다. 술자리에서 일어서려는데 이육이 다시 한번 다짐했다.

"네 방으로 연연을 보내라고 분부하겠다."

"형님, 고맙습니다."

이숙도는 황급히 제 방으로 가서 누웠다.

'허, 여기까지 와서 내가 호강을 하는가보다.'

어서 연연히 오지 않는 것만이 안타까웠다. 일어나서 등잔불을 끄고 다시 자리에 누웠다. 불을 끄고 어쩌고 하는 수속도 지루하게만 여겨져서 미리 준비를 하려는 생각에서였다.

"이것이 왜 아직도 오지 않지? 설마 형님이 잊으신 것은 아니겠지?"

이숙도는 조급하고 답답하였으나 누구에게 물을 수도 없어 안절부절 못하였다.

"이런 줄 알았더라면 내가 손목이라도 잡고 오는 것인데……."

술기운은 오르고, 기다리다 지쳐 가물가물 졸음이 오기 시작했다.

'이, 이래서야 쓰나!'

이숙도는 제 허벅지를 꼬집어 정신을 바짝 차렸다. 그러고도 또 얼마를 기다려서야 겨우 방문이 살며시 열렸다.

이숙도는 다급하게 물었다.

"이제 오느냐?"

"예."

이숙도는 지루하게 기다렸던 터라 서둘렀다.

"얘, 어서 이리 오너라."

"……."

"어서 옷을 벗고 이불 속으로 들어오란 말이다."

"……."

"어서."

"예."

이숙도에게는 옷 벗는 소리가 그렇게 황홀할 수가 없고 그 시간이 그렇게도 길게 느껴질 수 없었다. 이불이 들썩 하였다고 느껴지자 이숙도는 마치 솔개가 병아리라도 채어가듯 달려들었다.

그런데 기생은 침착하게 딱하다는 듯 말했다.

"내일 웃음거리가 되어도 괜찮으시겠습니까?"

"엉?"

대체 모를 소리였다. 이 고을에서 제일가는 미인과 하룻밤을 지새우고 웃음거리가 되다니. 그러자 이숙도는 다소 흥분이 식어서 멈칫 몸을 뒤로 물렸다.

"나리 같은 어른을 섬기게 되어서 얼마나 기쁘고 즐거운지 모르겠습니다. 그러나 내일 나리께서 여러 사람들의 웃음거리가 되시리라고 생각하니 미안하기 그지없습니다. 그런 것을 마다하지 않으신다면 기꺼이 모시겠습니다."

점점 알 수 없는 말이었다.

"그게 무슨 소리냐? 어디 자세히 이야기해 보아라."

"이 고을에는 묘한 장난이 있습니다."

"장난이라니?"

"예. 다름이 아니라 처음 오시는 손님에게 젊고 아름다운 기생을 보시게 하고는 막상 밤에는 늙은 퇴물을 들여보낸답니다. 손님께서 젊고 아름다운 기생인 줄 아시고 하룻밤을 지새우시면, 이튿날 모두들 웃고 손가락질을 합니다."

이숙도는 순식간에 입맛이 써졌다. 그렇다면 이불 속에 있는 게 늙은 퇴물이란 말인가?

"아니, 고약한 장난이로구나, 이 일을 형님도 아시고 계시냐?"

"사또께서야 어찌 아십니까? 아랫것들이 하는 실없는 장난입니다."

이숙도는 흥이 깨지고 분한 생각에 연방 입맛만 다시는데 기생이 다가왔다.

"왜, 왜 이러느냐?"

"이게 다 인연이 아닙니까?"

"인연? 다 싫다, 저리 가거라!"

잠시 후 기생은 팔을 이숙도의 가슴 위에 올려놓았

다. 이숙도는 더러운 벌레라도 닿은 듯 팽개치고 물러나
났다.

"어서 저리 가!"

또 잠시 후 이번에는 기생이 다리를 이숙도의 몸에
걸쳐 놓았다. 이숙도는 기급을 하고는 소리를 버럭 질렀
다.

"비키라니까!"

"나리, 제 신세도 굽어 살펴 주세요."

"뭐야?"

"모처럼 이곳에 들어왔는데 나리를 모시지 못하였다
면 제 꼴이 뭐가 되겠습니까?"

"네 꼴이 뭐가 되거나 내가 알게 뭐냐? 내가 웃음거
리가 되는 것은 좋고 너만 잘 되면 다란 말이냐?"

"나리."

"늙은 추물을 끼고 잘 만큼 여자에게 환장하지는 않
았다."

그러나 연방 기생은 추근덕거렸다. 이숙도는 몇 번
욕도 하고 나무라다가 찰거머리같이 달려드는 바람에
진절머리가 났다.

"에잇, 더러운 것, 늙은 게 미쳤구나!"

그러곤 일어나서 더듬더듬 제 옷을 찾아 주워 입었
다. 누워 있다가는 욕을 당하기 십상이라고 여겼기 때문
이었다.

“나리!”

“이년, 어서 나가!”

그러나 기생은 나가지도 않고 배짱 좋게 치근덕거리기만 하였다. 이숙도는 진절머리를 내고는 닭이 울자마자 이 방을 뛰쳐나갔다. 물론 뒤도 돌아보지 않았다.

그러나 이른 새벽부터 갈 곳이 없어 이육이 자는 방을 찾아갔다.

“형님!”

“엉? 왜, 어찌 벌써 일어났느냐?”

생각 같아서는 이육에게 화풀이를 하고도 싶었지만 위에서는 모르는 일이요, 아랫것들의 장난이라니 그럴 수도 없었다.

“형님, 해장술이나 한 잔 주십시오.”

“그래? 왜 어제 술이 과하였더냐?”

“답답하고 컬컬하군요.”

“그래?”

“에잇, 참, 구역질이 나오려고 합니다.”

이육은 영문을 몰라서 둥그레진 눈으로 한참이나 쳐다보더니 밖을 향하여 소리쳤다.

“게 누가 없느냐? 여기 해장술상을 보아오너라!”

이부자리를 옆에 밀어 논 채 술상이 벌어졌다. 그런데 술상을 들고 들어온 기생은 연연이었다. 눈이 부시게 고운 얼굴이고 그 몸매도 자못 하느작거렸다.

이숙도가 어리둥절하여 이육에게 물었다.

"이 아이가 누굽니까?"

"이상한 소리를 하는구나."

"연연히?"

"간밤에 네가 데리고 잔 아이가 아니냐?"

이숙도는 여우에게 홀린 듯 잠시 멍하니 있다가 연연에게 물었다.

"과연 간밤에 내 방에 들어왔던 게 너냐?"

"예."

"어쩌고저쩌고 수작을 부린 게 너야?"

"예."

이숙도는 어이없어 입을 딱 다물고 있자 이육이 물었다.

"왜, 무슨 일이 있었느냐?"

연연은 잠시 희롱한 죄를 용서해 달라면서 간밤의 일을 소상히 이야기하였다. 이육은 박장대소했다.

"허, 저리 못 나기는……그래 꾀에 속아 넘어가서 진주를 옆에 두고도 몰라봤단 말이냐?"

―《청파극담》

청상과부의 넓은 치마폭

지금 사랑채에 와 있는 사람이 바로 찬성사(贊成事) 강윤충이라는 것을 안 장씨는 도저히 안방에 앉아 있을 수가 없었다.

'그 사람은 얼마나 잘난 어른일까?'

안절부절 못하던 장씨가 계집종을 불렀다.

"오신 손님이 분명 찬성사 어른이라고 하시더냐?"

"예."

"아주 잘 생기셨지?"

계집종은 영문을 몰라 눈이 둥그레지기만 하였다. 장씨는 입이 헤벌어지며 눈꼬리에는 묘한 웃음이 넘쳐흘렀다.

'이러고 있을 때가 아니로구나.'

장씨는 어떻게 하겠다는 뚜렷한 생각도 없이 사랑채 쪽으로 갔다. 다행히 사랑채의 미닫이가 활짝 열려 있어서 숨어 엿볼 수가 있었다.

이 집 주인인 대신 조석견과 마주앉아 있는 강윤충은 어른거리는 촛불에 비쳐 얼굴이 벌겋고 눈이 이글거렸다.

'후,……저렇게 잘 생긴 사람과 지내 봤으면……'

장씨는 가늘게 한숨을 몰아쉬었다.

이러한 장씨의 소원이 이루어지려고 그랬던지 조석견이 시름시름 앓다가 죽었으니, 장씨는 마치 기다리고나 있었던 듯 계집종을 강윤충에게 보냈다. 그런데 강윤충은 탐탁지 않게 여겼다.

'흥, 지아비가 죽자 곧 나를 부른다? 그것도 좋겠지. 그러나 나는 그렇게 계집에 굶주려 있지는 않다.'

장씨가 또 계집종을 보냈다.

'허, 극성이로다.'

장씨가 세 번째 계집종을 보내니 그제야 강윤충은 더 거절하지 못했다.

"그 정성이 대단하니 내 어찌 모르는 척하겠느냐?"

두 사람은 단꿈을 꾸게 되었다.

강윤충은 장씨의 엉덩이를 어루만지며 말했다.

"어이하여 그토록 나를 갈망하였는가?"

장씨는 품속으로 파고들며 속삭였다.

"누구보다도 찬성사 어른이 사나이다울 듯해서……"

"건 또 왜?"

"찬성사 어른은 일찍이 낭장(郞將) 백유(白儒)의 아내를 겁탈하였으며, 그 후에도 갖가지 소문이 허다하기……"

"그래서 내가 사나이 구실을 잘하리라고 생각하였는가?"

"예."

"허!"

"또한 찬성사 어른께서는 공주마마도 손아귀에 넣고 계시다 하니……."

현재의 상감님인 고려 제29대 충목왕은 겨우 열 살이 넘을 정도로 나라의 정치는 모후인 덕녕공주가 좌지우지하고 있었다. 덕녕공주는 원나라 태생의 공주이고 전 상감인 충혜왕의 왕비였었다.

항간에서 떠도는 소문으로는 강윤충과 덕녕공주 사이에 야릇한 관계가 맺어져 있다고 하였다.

"허허허허……그래 한 번 마마와 맞서 보자는 것인가?"

"비록 신분은 다르나 이 몸도 여자이니……사나이를 녹이는 수단으로는 결코 지지 않을 터……."

"거, 묘하다."

과연 장씨는 강윤충의 간장을 녹이고도 남음이 있었다.

"어떻습니까?"

"뭐가?"

"공주마마와 이 몸을 비교하면 누가 더 낫습니까?"

"허허허허."

강윤충은 다만 너털웃음만 웃을 뿐 아무 말이 없었다.

이래서 두 사람의 관계가 시작되었는데 그러나 오래 가지 않아서 강윤충은 싫증을 내었다. 원래 강윤충은 어느 한 여자에게 집착하는 성질이 아니었고, 또 휘감겨오기만 하는 장씨에게 염증을 느낀 것이었다. 그러더니 걸음이 뚝 끊어졌다.

그러나 장씨는 서운해 하지 않았다.

'홍, 별것도 아니면서 도도하기는⋯⋯원나라 공주도 손아귀에서 놀아났다기에 난 또 별 뾰족한 수라도 있는가 하였더니⋯⋯다 그렇고 그런 주제에 거들먹거리기는⋯⋯.'

장씨는 이번에는 장수인 구영검(具榮儉)에게 계집종을 보냈다. 요긴히 아뢸 말씀이 있으니 좀 와 주십사 하는 청을 넣었던 것이다.

구영검은 장씨가 미색이라는 소문을 듣고 있던 터라 두 말 없이 그날 밤으로 찾아왔다.

진수성찬을 차려놓고 기다리고 있던 장씨는 우선 넘쳐흐르는 교태로써 술을 한 잔 따라 권하니 구영검은 입이 딱 벌어지며 말했다.

"내게 요긴한 말이 있다니 그게 무엇이오?"

"우선 약주나 드십시오."

"그러리다."

구영검은 서슴지 않고 잔을 비웠다. 연거푸 잔을 비우자 술과 색에 취해 눈이 몽롱해지고 혀가 꼬부라졌다.

"허허, 더 취하기 전에 그 말부터 들어봅시다."

"사연은 없습니다."

"없어?"

"밤마다 홀로 지내기가 외롭고 역겨워 오십사고 하였을 따름입니다."

"허, 그래? 그렇다면 술이 취해도 무방하겠군……별로 들을 이야기도 없다니……."

구영검은 단숨에 또 한 잔을 비우고는 장씨의 손목을 덥석 잡았다. 장씨는 피하는 기색도 없이 요염하게 웃었다.

"이야기는 없으나 몸을 가누지 못하시면 어쩝니까?"

"상관있는가? 미인의 무릎을 베고 자고 갈 것이니라."

"그러나 몸은 제대로 가누셔야……."

"암, 내 그 뜻을 헛되이 하지는 않으리라."

"……."

장씨가 방글방글 웃으며 구영검 허리띠를 끄르기 시작하였다.

구영검에게는 버젓이 아내가 있고 자식들도 있었다. 그러나 이날부터 장씨의 집에서 묵었으며 버젓하게 새 살림을 시작하였다. 이들은 당당하게 부부 행세를 시작한 것이다.

그런데 일이 공교롭게 되었다. 원나라에서 장사성(張士誠)이란 자가 반란을 일으켜 토벌에 골몰하게 되자 원나라는 고려에 대해서 원군을 보내라고 하였다. 고려에서는 최영 장군을 필두로 하여 여러 장수와 많은 군졸들이 파견되었다. 그리고 그 속에는 구영검도 포함되었다.

다시 독수공방하게 된 장씨는 따분하게 기지개만 켰다.

'아아, 지루하고 답답하구나. 싸움터에 가는 것이야 마음대로이겠으나 어쩌라고 나만 놔두고 가지?'

장씨는 생선 냄새를 찾는 고양이와도 흡사하게 좌우를 두리번거렸다. 그러고는 이 집에 몇 번 드나든 일이 있는 구영검의 부하 중 한 사람을 골라내었다. 그 사나이는 장씨의 손아귀에 잡혀 흐물흐물 놀아났다.

싸움터에서 돌아온 구영검이 이 소식을 듣고는 얼굴이 붉으락푸르락 해졌다.

"아, 아니, 이 무슨 짓인가? 나는 저를 어엿하게 지어미로 대하여 주었거늘 배반하다니?"

그러나 장씨는 눈썹 하나 까딱하지 않았다.

"놔두고 가는 사람이 잘못이지……무르익은 계집을 돌부처인줄 아셨소?"

"……"

"그렇게 걱정이 되시면 데리고 가시든지……아예 밀

음직한 사나이를 한 사람 맡겨 주시고 가시든지……이
것도 저것도 아니니 식성에 맞는 사람을 고를 수밖에
요.”

　구영검은 어이가 없어 말이 나오지 않다가 얼마 만에
한 마디 했다.

　“오냐, 내가 잘못 생각했다. 이제 너와 나는 끝장이
다.”

　“좋아요, 이 집은 내 집이니 어서 나가요. 별꼴을 다
보겠네.”

　구영검은 초라하게 쫓겨난 꼴이 되었다. 장씨는 구영
검이 싸움터에 나가 있을 때 가까이 하던 사람과의 관
계를 지속하지는 않았다. 정식으로 혼자가 되자 번쩍이
는 눈으로 두리번거리다가 대호군 벼슬에 있는 이구간
(李仇侃)을 선택하였다. 그 후 이구간은 이 그물에서 벗
어나지 못하고 그 치마폭으로 기어들었다.

　사나이는 얼마든지 있었으며, 장씨는 고양이가 쥐를
노리듯 한 번도 빗나가지도 않았다.

　그리고 공교롭게도 강윤충·구영검 등은 역적으로 몰
리는 사건으로 말미암아 제명에 못 죽고 죽음을 당했다.

—《고려사》 권104 열전27 구영검

제28화

풍류남아

김명원(金明元)은 임진왜란 때 팔도도원수를 지내기도 하였으며, 그 후 벼슬이 우의정에까지 이르렀던 사람이다. 또한 김명원은 멋을 아는 사람으로서 풍류남아다운 행동거지가 많았다.

김명원은 젊었을 때 화류계의 한 기생과 정이 들어 그 집에 자주 드나들었다. 그런데 하루는 그 기생의 집이 텅 비어 있고 종이 혼자서 집을 지키고 있었다.

"웬일이냐?"

"예, 안동 대감댁으로 가셨습니다."

"그래?"

전혀 예측 못하던 터는 아니었다.

안동 대감이라면 안동(安洞)에 사는 종실을 가리키는 말로서 이 집에 드나들던 풍각쟁이 중 한 사람이었다. 데려다가 소실로 삼겠다고 잔뜩 눈독을 들이고 있던 터라 드디어 데려간 게 괴이할 것은 없었다. 육례를 갖추어 부인을 삼은 터도 아니요, 더구나 상대가 기생이니 이런 일은 얼마든지 있을 수 있었다. 그러나 김명원은

연연한 생각을 버릴 수 없어 그저 허전하기만 하여 멍
하니 서 있었다.

"이제 어떻게 하시렵니까?"

"이놈, 네가 알 바 아니니라."

"……."

"기생이란 노류장화인데 누군들 못 꺾어?"

그러나 그냥 돌아서서 물러설 수는 없었다.

곧장 안동으로 갔다. 무조건 옛 정리로 좀 만나러 왔
다고 할 수는 없어 밖에서 그냥 빙빙 돌았다.

이렇게 며칠을 계속된 후 겨우 김명원은 한 계집종을
매수할 수 있었다. 그 계집종을 통해서 그 기생이 어느
방에 있으며 언제쯤이면 집안이 조용하고 주인 대감이
없는가를 알아낼 수도 있었다.

김명원은 앞뒤를 분간하지도 못하고 어느 날 밤 담을
넘어 들어갔다. 꼭 도둑 행색으로 기생이 있는 방에 이
르렀다.

"나다, 문 열어!"

주인 대감이 온 줄 알고 방문을 연 기생은 김명원임
을 알자 소스라치게 놀랐다.

"아, 아니!"

"쉿!"

김명원은 기생의 입을 틀어막고는 안으로 들어갔다.

"여기 오시면 어떻게 해요?"

"너를 보기 위하여서는 두려운 것도 없다. 너는 내 생각이 나지 않더냐?"

"일구월심 잊을 때가 없었어요."

"그랬을 거다."

이날은 잠시 이야기하고는 도로 담을 넘어 나왔다.

그러나 이런 일이 거듭될수록 대담해져서 김명원은 장소가 어디라는 것도 잊고 거리낌 없이 기생을 끼고 누워서 희롱을 하기도 하고, 단꿈을 꾸다가 새벽에 담을 넘어 나오기도 하였다.

"조심하세요."

"흥, 첩이야 너 말고도 여럿이니 대감이 자주 오기야 하겠느냐? 그리고 만일 대감이 온 기색을 알면 그대로 나갈 것이다. 그건 그거고……내가 염려하는 것은 다만 네가 박정해질까 하는 그것뿐이다."

"어찌 그럴 리가 있겠어요."

이래서 원앙금침에 얼싸안고 누워서 제 세상인 양 희희낙락하였다.

꼬리가 길면 밟히는 법이니 이런 사태를 안동 대감이 알게 되었다. 김명원은 그날도 기생과 더불어 곤하게 잠에 떨어져 있다가 새벽에 습격을 당하였다. 안동 대감이 여러 하인을 시켜 방문을 열게 하고 대갈 일성했다.

"이놈! 죄 죽어 마땅하니라."

결국 김명원은 옷도 제대로 못 입은 채 끌려나와 속

절없이 결박을 당하고 말았다.

"이놈! 네가 감히 어디라고 숨어들어 함부로 겁탈을 해? 어디 내 손에 죽어보아라."

이 소문은 금세 쫙 퍼졌으며 김명원의 형인 장령 벼슬을 하는 김경원(金慶元)이 달려왔다.

문을 열어주지 않자 김경원은 박차고 들어와서 외쳤다.

"나는 김경원이라는 사람으로 바로 이곳에 잡혀 있는 김명원의 형이오."

아무도 내다보거나 대답하는 사람은 없었다. 안동 대감은 사랑에 앉아서 얼굴을 찌푸리고 귀를 기울이고 있었다.

"내 아우가 호탕하여 죄를 지었다고 하며 그 죄는 마땅히 죽임을 당할 만하다고도 하오. 그러나 내 아우는 임박한 과거를 치러야 할 몸이오. 그 아이는 문장이 뛰어나고 재주가 비상하여 나라 안에 모르는 사람이 없소. 이제 한 여인으로 인하여 나라의 인재를 죽이고자 하니 그것이 안타까워 호소하는 것이오."

안동 대감도 느끼는 바 있었던지 벌떡 일어서서 밖으로 나왔다.

"어허, 소란하게 굴지 말고 우리 차근차근히 이야기나 합시다."

김경원은 뜻밖에 상대의 태도가 부드러우므로 공손히

절하고는 말했다.

"아우의 죄가 크기는 하나 실수 없이 과거를 보게 해 주십시오."

"과연 문장이 뛰어나오?"

"예. 나라 안에서 모두 그렇게 말하고 있습니다."

안동 대감이 하인들에게 지시했다.

"여봐라, 그 죄인의 결박을 풀고 이리로 데려오너라!"

김명원은 형의 구원으로 풀려나 안동 대감 앞에 머리를 굽혔다. 안동 대감은 호탕하게 껄껄 웃었다.

"내가 좀 과했나보군……백씨에게서 들으니 자네는 문장이 놀랍고 또한 과거를 눈앞에 두고 있다며?"

"……."

"내 어찌 과거를 못 치르게야 하겠는가. 만일 자네가 과거에 급제하거든 내 그 계집을 상으로 줌세."

"……."

이쯤 되니 김명원은 감히 고개를 쳐들지도 못하고 쥐구멍이라도 찾고 싶었다.

"내 술을 한 잔 줄 것이니 사양하지 말게나……."

안동 대감은 술상을 차려오게 하여 후하게 대접하여 주었다. 김명원은 물론이요 김경원도 백배 사죄하고 물러났다.

이렇게 풀려난 김명원은 며칠 후 과거를 보았다. 과연 문장과 학식이 뛰어나 거뜬히 식년문과의 갑과에 합격하였다. 과거에 급제하면 유가삼일(遊街三日)이라 하여, 사흘 동안 두루 거리 구경도 하고 선배와 스승에게 인사도 다녔다.

김명원은 우선 안동 대감에게 찾아가서 공손히 절하고는 말했다.

"배려하여 주신 덕분으로 무사히 과거를 보았습니다."

"허허……잘못하였다가는 내가 큰 실수를 할 뻔하였군……."

"송구하옵니다."

안동 대감은 그 기생을 불러와 옆에 앉혔다.

"넌 오늘부터 이 어른을 섬기도록 하여라."

그리고는 김명원에게 말했다.

"언약한 대로 이 계집을 자네에게 줌세."

"과한 처분이십니다."

"그래야 다시는 내 집 담을 넘어 들어오지 않을 것 아닌가? 허허허허."

그 기생은 김명원의 차지가 되었다. 그러나 첩을 삼아서 독점하는 것도 아니었고 물론 집으로 데리고 들어가지도 않았다. 전과 다름없이 제 집에 있게 하고는 가끔 드나들 따름이요, 다른 풍각쟁이들이 찾아오는 것을 탓하지 않았다.

중종의 사위이며 경현공주의 남편인 영천위 신의(申檥)가 이 기생을 데려다 첩으로 삼았으나 김명원은 크게 안타까워하지도 않았다.

그런데 신의는 행실이 난잡하여 여인을 함부로 강간하기도 하고 남의 재물을 빼앗기도 하여 여러 번 유폐되기도 하고 귀양 가기도 하였다. 그러다 한 번은 첩이 된 기생도 연루되어 의주로 귀양 가게 되었다.

김명원은 마침 홍문관에 숙직하고 있다가 이 소문을 듣고 달려가 배웅하였다.

"어쩌다 이렇게 되었나? 옛 정리를 생각하여 마지막 길이나 배웅할까 하여 왔네."

이 행동에 대하여 사헌부나 사간원에서는 규탄하는 소리가 자자하였으나, 또 한편에서는 김명원을 의기남아라고 칭찬하기도 하였다.

―《청파극담》

제29화

제 버릇 개 주랴

김효성(金孝誠)이라는 사람이 있었으니, 무과에 급제하여 벼슬이 병마도절제사를 거쳐 중추원사에까지 이르렀다. 세조를 도운 공으로 정난공신의 칭호까지 받았다.

김효성은 성격이 호탕하고 색을 좋아했다. 그것도 한 번 마음먹은 상대라면 그 신분이 어떠하건 직업이 무엇이건 간에 가리지 않고 가까이 하였다. 그의 부인은 항상 그것이 두통거리라서 질투의 한계를 넘어서서 몸살 날 지경이었다.

"너무 하시지 않습니까?"

"무엇을?"

"색을 가까이 하는 것도 정도 문제지, 영감님 같아서는 어찌 몸이 지탱하겠습니까?"

김효성은 껄껄 웃었다.

"이는 부인이 모르는 소리요. 내 비록 색을 좋아한다고는 하지만 저 삼천 궁녀를 거느렸다는 진시황에 비하면 아무것도 아니오. 이 정도로 몸을 망치지는 않을 것이니 조금도 걱정할 필요 없소."

"……."

"내 몸을 걱정하는 척하면서 은근히 질투를 하는구려. 예로부터 질투가 심한 것은 칠거지악에 드니 삼가하오. 내 몸이 걱정되거든 질투하지 말고 좋은 보약이나 계속 대령하시오."

부인은 너무나 어이없어 말이 나오지 않았다. 김효성의 행동은 여전하고 조금도 달라지지 않았다.

부인은 그저 내버려두고 보고만 있을 수 없어 또 기회를 보아 간곡히 타일렀다.

"사나이 대장부로서 첩 하나둘 거느리는 것은 고이할 게 없고 또 탓하지도 않겠습니다. 그러니 마땅한 사람 있거든 집으로 들여서 거느리십시오."

김효성은 부인의 참 뜻을 모르고 엉뚱한 말을 했다.

"허허, 부인은 참으로 현숙하고 부덕이 있구료. 그래, 어디 첩을 삼을 만한 절색이 있습디까?"

"……."

"부인이 천거한다면 내 어찌 마다 하겠소?"

부인은 기가 막혀 크게 탄식하여 말했다.

"색을 가까이 하시려거든 하나둘 정도 첩이나 거느리고 마시란 말씀입니다. 계속 허다한 계집들을 상대하시니 이젠 넌더리가 납니다."

"허허, 이는 부인이 모르는 소리요, 계집이란 다 생김

새가 다르고 제각기 멋이 있거늘 어찌 하나둘 첩으로서
만 고정시키고 말겠소? 이는 대장부의 행락이 아니니
내 바라는 바가 아니오."

그저 거침없는 수작이었다. 부인은 한심하고 치가 떨
렸지만 꾹 참았다.

"백 보를 양보하여 그는 그렇다 치더라도 제발 천한
것은 가까이 하지 마십시오. 너무 천한 것을 가까이 하
시면 영감님 체모가 어디 말씀이 되겠습니까?"

그러나 김효성의 배포는 두둑하기만 하였다.

"그 또한 부인이 모르는 소리요. 잠시 행락하는 데 계
집이 천하면 어떻소? 귀한 사람이라면 정식으로 부인을
삼을 노릇이지 어찌 일시적인 행락의 상대로 삼을 수
있겠소. 그러니 자연 천한 것들도 상대하게 되지 않겠
소?"

"……."

"그리고 그 계집들이 천하면 그만큼 부인이 돋보이고
그 지위가 든든한 것이오. 안 할 말로 내가 세도 있는
양반집 규수를 가까이 하였다고 합시다. 그러면 쉽게
버릴 수도 없고 만 만 한 첩을 삼을 수도 없을 게 아니
오? 응당 부인을 삼아야지. 그러면 부인의 입장이 무엇
이 되겠소? 내가 하는 일은 다 생각이 있어서 그러는
것이니 부인은 조금도 걱정할 게 없소."

"……."

갈수록 태산이오, 낯 두꺼운 수작이어서 부인은 다시는 열지 못하였다. 무엇인가 대책이 있어야만 하였다. 아무리 타이르거나 애걸하여도 소용없고 이대로 가다가는 미치기 십상이었다.

"내가 죽어 버리면 달라질까?"

차마 산목숨을 끊기도 어려우려니와 설혹 죽는다 해도 영감님의 행실은 달라질 것 같지 않았다.

부인은 일구월심 고심 끝에 하나의 꾀를 생각해 내었다. 목숨을 끊는 것은 아니되 그것과 별로 다르지 않은 결단을 내리려는 것이었다.

부인은 피륙 한 필에 먹물을 들여 마루 귀퉁이에 놓아두었다. 검게 물들인 피륙으로 만든 옷은 속세를 버린 승려가 입었다. 승려가 된다면 이 세상과 하직하여야만 하니 죽는 것이나 다를 바 없게 인연이 끊어지는 것이었다.

김효성은 그러한 부인의 결심을 모르는 터라 무심히 안으로 들어오다가 멈칫 섰다. 피륙과 부인을 번갈아 몇 번 쳐다보았다.

"부인, 이게 무엇이오?"

"보시면 모르시겠습니까? 피륙이 아닙니까?"

"그야 어디 피륙인 줄 몰라서 그러오. 허다한 빛깔 중 어찌 저런 빛깔을 택하여 염색 하셨소?"

부인이 정색하고 쳐다보았다. 김효성의 눈이 둥그레

졌기에 부인은 더욱 엄한 표정이 되었다.

"그런 빛깔이라야만 쓰겠기에 만들었습니다."

"허, 그래? 어디에다 쓰려고?"

"저런 피륙으로 옷을 만들어 입는 사람은 누구겠습니까?"

"그야 승려지. 옳지, 저것을 어느 절에 시주하려고 마련하셨소?"

"아닙니다."

"아니라면?"

"제가 옷을 만들어 입고자 합니다."

"부인이? 그건 또 왜?"

부인이 똑바로 김효성을 쳐다보며 마지막으로 타일렀다.

"영감님께서 과도하게 색을 가까이 하시고 뭇계집을 희롱하기에 여념이 없어 정실 보시기를 마치 원수와 같이 하시니, 이러고서야 어디 살 수 있겠습니까? 차라리 죽는 것이 나을 것이니 아주 이 속세를 떠나 여승이라도 되어 절에 들어가 여생을 마칠까 합니다."

"……."

김효성이 선뜻 대답이 없자 부인은 효과가 있구나 싶어 말을 이었다.

"보기 싫은 제가 없어지거든 영감님은 마음 내키시는 대로 뭇계집을 가까이 하고 지내십시오."

김효성은 잠시 고개를 기웃하더니 말했다.

"부인, 참 잘 생각하셨소."

"예?"

"부인의 생각은 참으로 놀랍고도 묘하오."

"……."

도시 까닭을 모를 노릇이었다. 부인은 두 사람 중의 누구 하나가 제정신이 아니다 싶어 어안이 벙벙하였다.

김효성이 태연하게 말했다.

"부인도 잘 알다시피 그동안 내가 가까이한 계집이 이루 헤아릴 수 없었소. 신분도 갖가지고 직업도 마찬가지었소. 그 중 기생도 있고, 의녀도 있고, 무당도 있고, 부엌데기 종년, 침모, 별의별 것이 다 있었소. 그저 생김새만 곱상하다 여겨지면 서슴지 않고 수단을 가리지 않고 가까이 하고야 말았소. 그러나 다만 한 가지, 아직 여승만은 가까이해 보지 못하였으니 한이라면 한이었소. 이제 부인이 여승이 되겠다니 비로소 내 한을 풀 날이 가까워진 것 같소. 부인의 생각은 참으로 갸륵하오."

여기에다 대고는 더 뭐라고 말할 수 없었다. 부인은 숨이 꽉 막히고 부들부들 떨다가 피륙을 집어 들어 마당에다 내동댕이쳤다.

"빌어먹을!"

정말 울 수도 죽을 수도 없는 노릇이었다. 그러나 김

효성은 유들유들하기만 하였다.

"허, 부인, 여승이 된다더니 그만 두시려오? 내가 한
을 풀 날은 아직 멀었나 보구료."

제 버릇 개 못 준다더니 김효성이 바로 그러하였다.

—《청파극담》

제30화

기생의 계교

한 재상이 안렴사(按廉使)가 되어 남쪽으로 내려갔다. 성격이 꼬장꼬장하고 만사에 조금도 빈틈이 없어 남쪽 지방의 원들은 벌벌 떨기만 하였다. 털끝만한 과오도 용납하지 않고 엄하게 추궁하였으므로 누구나 두려워하였다.

그런데 이 안렴사가 화산(花山)의 기생을 가까이 하였다.

냉기 도는 듯한 분위기와 엄하기만 한 행적과는 정반대로 기생 앞에서 흐물흐물 녹아나는 시늉이요, 그 치마폭에 감싸여서는 맥을 추지 못하였다. 그래도 그런 행동은 단 둘이 있거나 잠자리에 들어서의 일이었으며, 남 앞에서는 개가 닭 보듯 눈썹 하나 까딱하지 않는 태도였다.

그러기에 사람들이 수군거렸다.

"저런 어른이 어떻게 기생을 데리고 주무실까?"

"그 기생인들 오죽 재미없겠어?"

당사자인 기생은 안렴사의 정반대되는 두 행동을 잘

아는 터라 언제나 코웃음 쳤다.

"흥, 저도 사내인데 별 수 있나! 같지 않게 점잔을 빼고 거들먹거리는 꼴이라니 가관이지……."

이러나저러나 사사건건 어찌나 까다롭고 엄한지 가까이에서 시중드는 사람들은 기를 펴지 못하고 죽을 지경이었다.

화산 기생은 그 꼴이 얄밉기도 하고 다른 사람들에게 미안하기도 하였다.

"내 한 번 그 늙은이를 곯려줄까? 그래서 여러분들 속을 잠시나마 시원하게 해줄까?"

누구나 곧이듣지 않았다.

"곯리다니? 공연히 벼락이나 떨어지게?"

"아니 내게 재주가 있으니까……한 번 세숫대야에다 술을 마시게 할까?"

그것은 기상천외한 생각이었다. 그러나 어림도 없다 싶었다.

"제대로 술잔을 가지고 가도 어쩌고저쩌고 하며 다른 것을 가지고 오너라, 다시 씻어 오너라 하는 판에 세숫대야에다가?"

"두고 보라니까……."

이래서 화산 기생은 꿍꿍이 계략을 세웠다.

이날 밤 밖에서 기침소리가 났다. 안렴사는 문득 귀를 기울이다가 화산 기생을 깨웠다.

"저게 무슨 소리냐?"

화산 기생은 잠시 고개를 기웃하더니 말했다.

"제가 나가 보죠."

밖으로 나가더니 금세 돌아와서 말했다.

"온 세상에……뉘 안전이라고 ……참, 별꼴이지."

"누가 있기에 그러느냐?"

화산 기생은 머뭇머뭇 거렸다.

"대단치 않은 일이니 들으실 필요 없습니다."

"괜찮으니 이야기해 보아라."

"이 고을에서는 봄가을로 큰 제사가 있습니다. 오늘이 마침 그날이어서 모두 모였다가 이제 헤어졌다 합니다. 나가보니 제사를 주관한 노파가 술을 한 병 가지고 왔다는 것입니다. 어른께 바치겠다는 뜻은 갸륵하고 당연합니다만, 대단치도 않는 것을 가지고 이 밤중에 소란하게 하였으니 그 행동은 무엄합니다."

안렴사는 마침 출출했다.

"무슨 소리냐? 갸륵한 뜻은 받아줘야지, 어서 쫓아가서 받아오너라. 그렇게 야박할 수야 있느냐."

화산 기생은 다시 밖으로 나가더니 술을 한 병 들고 들어왔다. 이것이 다 미리 꾸며 놓았던 계략의 일부였다.

"술 향기가 매우 좋습니다."

"그렇다. 잔이 있어야겠구나."

"예."

화산 기생이 또 밖으로 나가더니 얼마 후 세숫대야를 들고 들어왔다.

"웬 일이냐?"

"이 일을 어찌하면 좋습니까? 나가 보았더니 그릇은 모두 건사하여 치워 놓았더니 잠자는 사람을 깨워야 하는데 안렴사 어른의 성함에 누가 될까 두려워 깨우지는 않았습니다."

"거 잘했다."

"그래도 술을 안 잡수실 수야 있습니까? 마침, 이 세숫대야는 새것으로 한 번도 쓰지 않았으니 이것으로라도……."

"뭐?"

"좁은 소견을 꾸짖어 주십시오."

"허허……아니다. 거 또한 아취가 있겠다. 그러나 내가 세숫대야에 술을 따라 마셨다는 소리는 아무에게도 하지 말아라."

"예."

안렴사는 화산 기생이 귀엽게만 여겨져 따라주는 대로 세숫대야를 두 손으로 받쳐 들고 술을 마셨다. 단 둘만 아는 장난으로 여겼던 것이다.

그러나 온 고을 기생들이 숨어서 숨죽이고 바라보고 있었다. 더러는 짓궂게도 그 세숫대야에 발을 씻기까지

한 사람도 있었다. 그러기에 모두들 고소해하고 속이 다 시원했다. 망신당하고 있음을 모르는 사람은 안렴사 뿐이었다.

한 번은 이 고을의 원이 화산 기생을 불렀다.

"너도 알다시피 안렴사 어른께서 인근 고을 원들의 점수를 매기신다고 한다. 이는 서울에 보고 될 것이며 거기서 나쁜 점수를 받으면 앞길이 막힌다. 나는 그동 안 호되게 꾸중들은 일도 있으니 결과는 뻔하다. 네가 수고하여 좋은 점수를 받을 수 있게만 해주면 내가 한 재산 만들어 주마."

"염려 마십시오. 꼭 그렇게 만들겠습니다."

"믿느니 너뿐이다."

과연 며칠 후 인근 원들의 점수를 매기게 되었다. 안 렴사는 직속 부하를 거느려 한 사람씩 점수를 적게 하 는데, 이 고을 원 차례가 되자,

"그놈은 하지하(下之下)라고 써라."

하였다. 과연 형편없었다.

좀 떨어진 곳에서 숨어 엿듣고 있던 화산 기생이 갑 자기 외쳤다.

"아이고, 아이고……."

그 소리에 안렴사가 벌떡 일어섰다. 혹해 있는 화산 기생의 목소리를 모를 까닭이 없어서 만사를 내동댕이 치고 화산 기생을 찾아내 달려왔다.

"왜 이러느냐?"

"아이고, 아이고……."

"어디가 아프냐?"

안렴사가 화산 기생의 등을 어루만지자 화산 기생은 그 손을 뿌리쳤다.

"병이 아니에요. 우리 원님이 미칠 지경이 되겠으니 이 고을에 사는 사람 누구인들 속이 편하겠어요."

"거 무슨 소리냐?"

"예부터 말하기를, 그 사람을 사랑하면 그 사람이 사는 집 지붕 위에 앉은 새도 사랑한다고 하였어요. 안렴사 어른께서는 이 몸을 사랑한다고 하시고는 이 몸이 있는 고을의 원을 형편없게 만드시려고 하니 이 무슨 일입니까? 사랑하신다던 말 다 거짓말이죠?"

"아, 아니다."

화산 기생이 울고 불며 야단법석을 떠는 바람에 안렴사는 몹시 난처하였다.

"세상에 이럴 수가……이런 매정한 사람인 줄 모르고 나는 고임을 받은 줄로만 알고 있었으니 어이없어서……."

안렴사는 우선 화산 기생을 달래고 투정을 면하려고 하였지만 너무 난감하였다.

"내 잘못이다, 내 잘못이야……. 그러나 이미 하지하로 적으라 하였으니 어쩌겠느냐? 나 혼자 알고 있는 게

아니고 여럿이 있는 자리에서 그렇게 적으라고 하였으
니 난처하구나……."

화산 기생은 두 다리로 안렴사의 목을 감았다.

"그러면 이렇게 형틀에 넣어서 닦달하겠어요."

"어허……."

화산 기생이 두 다리에 힘을 주니 안렴사는 히죽거렸
다.

"어허, 이런 형틀이면 평생 갇혀 있어도 무방하겠다.
알았다, 네 뜻대로 하마."

결국 안렴사는 제 체면은 내동댕이치고 이 고을의 원
의 점수를 중으로 올려 주었다.

엄하고 까다로운 안렴사도 이 묘한 형틀에는 견디지
못하였던 모양이었다.

—《용천담적기》

제31화

무서운 여색

아우에게 임금의 자리를 양보한 양녕대군의 외손자로 박영(朴英)이라는 사람이 있었다. 박영이 선전관으로 있을 때의 일이었다.

하루는 날이 어두워 수문동을 지나는데 한 여인이 손짓 하는 것이었다. 첫눈에 반할만 한 미인이었기에 박영은 말에서 내려 하인에게 말했다.

"이 말을 끌고 가고 내일 아침에 이곳으로 나를 마중 나오너라."

"예? 왜요?"

"잔말 말고 하라는 대로 해!"

"예!"

박영은 어리둥절해하는 하인을 꾸짖어 말을 끌고 가 라하고는 여인의 뒤를 따라갔다. 그런데 여인을 따라간 곳은 인적이 드문 곳이었다. 아무래도 괴이했으나 마음을 단단히 먹고 작은 집으로 따라 들어갔다.

방안까지 따라 들어간 박영은 등잔 밑에서 새삼 여인을 찬찬히 바라보고는 너무 아름다워 깊이 감탄하였다.

여인 또한 뚫어지게 박영을 바라보더니 눈물을 뚝뚝 떨어뜨렸다.

"왜 우는가?"

여인은 눈물을 거두고는 대답했다.

"제가 죽일 년입니다. 공을 자세히 뵈니 보통 어른이 아니신데, 그런 어른을 죽음에 몰아넣었으니 제 팔자가 기구하고 죄가 큼을 새삼 통감하게 됩니다."

"자세히 말해 보라."

"저는 도둑의 앞잡이입니다."

"도둑이라?"

박영은 저절로 긴장되어서 칼자루를 만지작거렸다.

"이곳은 많은 도둑이 들끓는 소굴입니다. 도둑들은 저를 미끼로 하여 사람을 끌어들여서 죽입니다. 그러고는 가진 것과 옷을 빼앗습니다. 저는 달아나지도 못하고 그런 짓을 해온 지 벌써 여러 해 되었습니다. 이러나저러나 공 같은 어른을 끌어들였으니 제 죄가 너무 무겁습니다.

들으니 난감하였다. 그렇다고 섣불리 달아날 수도 없었다.

"도둑은 모두 몇이나 되느냐?"

"무척 많습니다. 모두 다 얼마나 되는지 저도 잘 모릅니다."

"허, 그래?"

박영은 칼을 뽑아 들고 침착하게 앉은 채 귀를 기울였다. 여인은 또 눈물을 흘렸다.

"도저히 당해내지 못하십니다. 싸우려고 한 사람도 하나둘이 아니었지만 이긴 사람은 하나도 없습니다."

"허허, 그러냐. 싸우지 않으면 달아나기라도 해야지."

박영은 피식 웃었다. 싸우지 않고 달아나리라고 생각하니 웃음이 절로 나왔다. 여인은 그런 침착한 태도에 놀랐다.

"이렇게 태연하신 어른은 처음 뵙습니다. 혹 이곳을 빠져나가실 재주가 있으시거든 이 죄 많은 목숨도 살려주십시오. 이 소굴에서 빠져나가게 해주십시오."

이때 밖에서 쿵쿵거리는 소리가 나더니 이내,

"이놈, 나오너라!"

라고 외치는 소리가 들렸다. 분명 도둑들이 해치려고 나타났음에 틀림없었다.

"오냐, 나가마!"

박영은 벌떡 일어서더니 벽을 걷어찼다. 그 힘이 얼마나 세었던지 벽에는 구멍이 뚫렸다. 박영은 지체 없이 여인을 어깨에 둘러메고는 뛰쳐나갔다.

뜻하지 않았던 일이라 도둑들은 잠시 멈칫하다가 우르르 달려들었다.

"이놈들! 가까이 오면 모조리 죽을 줄 알아라!"

박영은 한 손으로는 여인을 둘러메고 다른 한 손으로

는 칼을 휘두르며 뛰고자 하니 높은 담이 가로막고 있었다.

아마도 두 길은 실히 되었음 직하였다.

"얏."

한 마디 고함소리와 함께 몸을 솟구쳐 담을 뛰어넘어 달아났다.

이곳에 들어왔다가 달아난 사람은 아무도 없었다는 도둑의 소굴에서 박영은 무사히 달아난 것이었다. 그러나 담을 뛰어넘다가 옷자락이 걸려 소매가 찢겨 나갔다.

그 후 박영은 소매가 찢겨 나간 옷을 가까이 두고 자식들에게 보이며 경계시켰다.

"이것을 보아라. 요행 옷이 찢어지고 목숨이 살았으니 망정이지 자칫하다가는 어떤 지경이 되었겠느냐? 그만큼 여색이란 무서운 것이다. 너희도 내 말을 소홀히 듣지 말고 언제나 여색은 조심하여야 한다."

박영은 여인을 경계하여야 한다는 것을 몸소 체험하였거니와, 여인이 무섭다는 것도 또 한 번 보아야만 했다.

박영이 김해부사로 있을 때 일이었다.

하루는 갑자기 이웃에서 여인의 곡성이 들려왔다.

"웬 곡성이냐? 무슨 일인지 알아보도록 해라!"

얼마 후 아전이 한 여인을 데리고 왔다.

"네가 소란하게 곡성을 내었느냐? 무슨 까닭이라도

있느냐?"

그 여인이 더듬더듬 말했다.

"예, 제 지아비가 갑자기 죽었습니다."

박영은 한참이나 바라보더니 물었다.

"무슨 병으로 죽었느냐?"

"아무 병도 앓지 않았습니다."

"그럼 호랑이에게라도 물렸단 말이냐?"

"까닭 없이 갑자기……."

여인은 대답하고는 또 울기 시작하였는데, 그때 박영은 어떤 낌새를 알아 차렸다.

"저것의 서방을 데려오너라!"

"예?"

"시신을 가져오란 말이다!"

그래서 죽은 시신이 도착됐다. 그러나 아무리 살펴보아도 다친 데도 없고 병을 앓은 듯한 흔적도 없다. 여인은 뭔가 망설이는 듯하더니 또 울기 시작하였다.

박영은 평소 힘깨나 쓴다고 소문난 사나이를 불러오게 하였다.

"여봐라, 우선 저 시신을 한 번 살펴보아라!"

"예!"

"어깨 부분부터 시작하여 양옆구리를 두 손으로 훑어 내려라!"

"힘이 세다고 하니 힘껏 하라!"

힘을 다하여 시신을 훑어보라니, 묘한 분부였다. 울던 부인은 더욱 섧게 울었다.

"사또, 어찌 두 번 죽음을 당하게 하십니까?"

여인뿐 아니고 다른 사람들도 모두 다 괴이하게 여겼으나 박영은 단호하게 말했다.

"시끄럽다! 가만히 있지 못할까?"

시신을 훑어 내려오던 손이 점점 아래로 내려와 허리까지 왔을 때 배꼽에서 뭔가 삐죽 나왔다. 모두 눈이 둥그레졌다.

그것은 대를 깎아서 바늘같이 만든 것이었다.

"이년! 네 죄를 네가 알렷다? 어서 순순히 말하라!"

결국 능청을 떨던 여인은 살인범으로서 체포되어 문초를 받게 되었다.

"이년!"

"죽여주십시오."

"네가 서방을 죽였지?"

"예"

"자세히 말해 보아라!"

"술에 취해 잠이 들었을 때 배꼽에 대바늘을 박아 넣었습니다."

"왜 그랬느냐?"

"이웃 마을에 사는 김 서방과 같이 살기로 했는데 지금 서방이 귀찮아져서 죽였습니다."

"이년!"

박영은 호령하고 나서 이웃 마을에 급히 사람을 보내어 샛서방도 잡아들이게 하였다.

"사또께서는 그런 흉한 죄가 저질러졌다는 것을 어떻게 아셨을까?"

"귀신같으신 어른이지……."

누구나 박영의 판단에 혀를 둘렀다. 그러나 박영은 대단치 않게 말했다.

"그년이 처음에 곡을 하였는데 그 곡성에 도무지 서러워서 우는 슬픔이 없었느니라. 그저 누가 들으라고 소리만 내지르는 것 같아 의심을 품었느니라. 죽은 서방의 시신을 가져오게 하였을 때 당황한 기색이 역력하였었지. 그래서 틀림없이 무슨 꿍꿍이수작이 있었음을 알았느니라."

박영은 지난날에 절색인 여인에게 이끌려 도둑의 소굴에 갔던 생각을 되씹으며 다음과 같이 말하였다.

"여색이란 참으로 무서운 것이다."

―≪대동기문≫

제32화

왕비의 나이

옛날에는 대체로 조혼이었다. 또 신부의 나이가 신랑의 나이보다 위인 것이 보통이었다. 조선왕조 임금들의 경우 얼마만큼 조혼이었으며, 부부의 나이 차이는 어떠하였는가를 잠시 살펴보기로 한다.

주로 임금들은 열한 살부터 열세 살 사이에 장가든 경우가 가장 많고 이때 신부 나이는 한두 살 위였다.

19대 숙종은 열네 살에 장가들었고 신부는 동갑이었다. 이 조선왕조 임금들 중에서 동갑끼리 혼인의 유일한 예이다.

가장 조혼이었던 경우는 20대 경종과 마지막 임금인 순종으로 각각 아홉 살 때였다. 그리고 두 경우 다 신부 쪽이 두 살 위였다.

신부의 나이가 두드러지게 위인 경우는 8대 예종으로 열한 살에 장가든 장순왕후 한씨는 다섯 살 위인 열여섯 살이었다.

비교적 만혼이라고 할 수 있는 것은 5대 문종의 열아홉 살과 25대 철종의 스물한 살이다. 문종은 병약하였기 때문에 늦어졌던 것 같다. 철종은 몰락한 왕족으로서 강화에서 보잘것없는 나날을 보내다가 뜻밖에 임금이 되었다. 즉 당시 세도가 이었던 안동 김씨에게 추대되어 임금이 되고 이듬해에 왕비를 세웠다. 왕비 철인왕후는 안동 김씨인 문근(汶根)의 딸이었다. 이런 사정이니 만혼일 수밖에 없었다.

혼인 때 신랑 나이가 많으면 자동적으로 신부 나이는 아래였다. 즉, 노처녀라는 게 있을 수 없고 있다 하더라도 왕비의 자격 없었다. 여인의 혼기는 대개 열다섯 살을 넘기지 않았으니 신랑 나이가 많으면 많을수록 신부와의 나이 차이는 엄청났다.

문종의 경우 현덕왕후 권씨는 문종보다 네 살이 아래였으며 철종의 경우는 철인왕후가 여섯 살 아래였다.

부부의 나이 차이는 재취일 때 더욱 두드러지게 나타났다. 임금의 경우 왕비가 승하하면 반드시 새 왕비를 세우는 것이 원칙이었으니 나라에는 하루도 국모가 없어서는 안 된다는 이유에서였다.

물론 임금에게는 많은 후궁, 즉 첩이 있기는 했으나 정식 아내인 왕비를 세우는 일은 언제나 시급한 문제로 대두되곤 하였다. 그리고 왕비를 잃었을 때 임금의 나이가 많을수록 새 왕비와의 나이 차이는 커졌다.

경종은 서른한 살에 홀아비가 되었고 곧 재취를 했는데, 선의왕후 어씨는 열네 살이었으니 무려 열일곱 살의 차이였다. 경종은 조선왕조에서 요사스러운 여인의 한 사람으로 꼽히는 장희빈의 소생이었다.

아홉 살 때 두 살 위의 신부를 맞았던 마지막 임금은 순종은 성 불구자였다고 한다. 어머니인 명성황후 민씨, 속칭 민비는 시아버지인 흥선대원군과 맞서서 정권 싸움을 벌였으며 국제 정치에도 크나큰 영향을 끼친 여걸이었다. 하지만 어쩌지 못하는 고민거리는 자신의 소생으로서 대대로 왕통을 이을 수 없다는 점이었다. 뛰어난 인물이면서 무당을 좋아하고 점치기를 잘한 것도 이런 이유에서였다고 한다.

어쨌든 순종의 비인 순명황후 민씨는 나이 들면서 히스테리가 심했다. 거의 매일 경대나 벼루 따위를 내동댕이쳐서 깨는 것으로써 다소 울분을 풀었으니 새 경대 따위를 바치는 일을 맡는 사람이 있기까지 했다고 한다. 순명황후가 서른세 살 때 심한 히스테리 때문에 병석에 누웠다. 이때 의원은 임신이라고 오진하여 보약을 많이 썼는데, 이는 황후의 병세를 더욱 악화시켜 드디어 승하하게 만들었다. 그런데 2년 후 재취를 하니 이때 순종의 나이는 서른세 살이고 신부는 열세 살로서 무려 스무 살 아래였다. 이 신부가 조선왕조 마지막 황후인 순정효황후로 속칭 윤비다.

19대 숙종은 열네 살 때 동갑인 인경왕후 김씨에게 장가들었으나 스무 살 때 홀아비가 되어 이듬해에 열다섯 살의 신부 인현왕후 민씨를 맞으니 여섯 살 아래였다. 그 후 숙종은 장희빈에게 혹하여 인현왕후를 내몰고 장희빈을 왕비로 삼았다. 그러다가 잘못을 뉘우치고 다시 인현왕후를 복위시키고 장희빈을 내몰았다. 그러나 까닭 모를 원인으로 인현왕후는 승하하고 장희빈에게는 사약이 내려졌다. 이것은 역사상 유명한 사건으로 당시의 인물 김만중이 ≪사씨남정기≫를 써서 빗대고 간한 것을 비롯하여 많은 작품들의 소재가 되었다. 그 후 숙종은 다시 새 왕비를 세웠으니 이때 그의 나이는 마흔 두 살이고 왕비인 인원왕후 김씨는 열여섯 살이었으니 나이 차이는 무려 스물여섯 살이었다.

16대 인조는 폭군인 광해군이 무력에 의해 밀려난 뒤 즉 인조반정으로 왕위에 올랐으며 병자호란을 겪은 임금이었다. 그는 열여섯 살에 한 살 위인 인열왕후 한씨에게 장가드니 이는 임금이 되기 전의 일이었다. 마흔한 살에 홀아비가 되었는데 그 후 병자호란으로 정신을 못 차리다가 마흔네 살에 새 왕비를 맞았다. 새 왕비 장렬왕후 한씨는 열다섯 살이었으니 나이 차는 무려 스물아홉 살이다.

선조는 아는 바와 같이 임진왜란 7년을 겪고 멀리 의주까지 피란을 가야만 하였던 임금이다. 모진 전란도 다 겪은 마흔아홉 살에 홀아비가 되어 쉰한 살 때 새 왕비 인목왕후 김씨를 맞았다. 이때 인목왕후는 열아홉 살이었다. 당시 열아홉 살이라면 놀라운 노처녀였으나 남편과의 나이 차이는 더욱 놀랍게도 서른두 살이었다.

나이 많은 지아비를 맞은 비극은 컸다. 1남 1녀를 두기는 하였으나 스물다섯에 과부가 되었으며, 새 임금이 된 광해군에 의해 아들 영창대군, 친정아버지 김제남과 오라비들이 모조리 살육 당했다. 친정어머니는 멀리 제주에 귀양 가고 대비는 지위를 박탈당하고 서궁에 유폐되기까지 하였다.

21대 영조는 조선왕조 여러 임금들 중 몇 가지 기록을 가지고 있다. 여든세 살까지 살았으니 수명이 길기도 으뜸이고 임금의 자리에 오래 있기도 으뜸이니 52년간이나 그 자리를 누렸다. 사도세자를 뒤주에 넣어 죽게 하였으니 스스로 아들을 죽인 임금으로도 독보다. 또한 왕비와의 나이 차이가 많기로도 으뜸이다.

영조는 예순네 살에 왕비가 승하하였다. 예순네 살이라면 가히 인생의 황혼이고 또 여러 후궁들도 있었다. 그러나 2년 후 다시 새 왕비를 맞아들였다. 이때 영조는 예순여섯 살이고 새 왕비 정순왕후 김씨는 열다섯이었으니 나이 차이는 놀랍게도 쉰한 살이었다.

앞에서 예를 든 것은 모두 왕비 즉 정식 아내의 경우이다. 어느 때에나 허다했던 후궁이나 또는 일시적으로 임금 곁에 있었던 궁녀와 임금과의 나이 차이가 어떠했다는 것은 자세한 기록이 없어 알 수 없다. 그러나 이 경우 거의 전부 임금보다 나이가 아래였을 것이며, 어느 경우에는 엄청난 차이가 있었으리라고 믿어진다.

　왕비들 중 소생을 제일 많이 낳은 사람은 세종의 비인 소헌왕후 심씨로 8남 2녀를 생산했다. 세종에게는 이 외에도 후궁들이 낳은 소생이 10남 2녀였으니 모두 합치면 18남 4녀를 두었다.

　그러나 소생을 제일 많이 둔 임금은 세종의 아버지인 3대 태종이었으니 모두 12남 17녀를 두었다. 이 소생들은 원경왕후 민씨를 비롯하여 후궁·궁녀들 모두 17명의 여인들에게서 태어났다.

　　　　　　　　　　　　　　　　　—《조선 태조실록》

제33화

청상과부의 수절

신이라는 성을 가진 선비에게 딸이 하나 있었는데, 출가한 지 얼마 되지 않아 과부가 되어 친정에 와 있었다. 선비는 청상과부가 된 딸의 신세가 딱하기도 하려니와 구만 리 같은 앞날이 그저 막막하기만 하였다.

하루는 세도가 당당한 조재상이 사람을 보내어 왔다. 선비는 그런 어마어마한 신분의 사람과 왕래가 없던 터라 그저 쩔쩔매기만 하였다.

"다름이 아니라 댁에 따님이 있다지요?"

"예."

"홀로 되어서 집에 와 있다니 과연 그렇소?"

"예. 그렇기는 합니다만……. 후유……."

선비는 한숨부터 쉬었다.

"그래서 어쩌겠소? 수과(守寡)를 시키겠소?"

"그럼요."

무슨 용무를 가지고 왔는지 이 사람은 고개를 끄덕끄덕하더니 잠시 후 말을 이었다.

"큰 복이 이 댁에 들어올지도 모르는 노릇……."

"……."

더욱 모를 일이었다. 딸이 과부가 되었느냐고 묻고서 큰 복이 들어올지도 모른다니 도무지 납득이 가지 않는 말이었다.

"말씀 한 마디에 달려 있는 것이니 잘 생각해서 대답하시오."

"뭔데요?"

"다름이 아니라 우리 대감께서 댁의 따님을 후처로 삼고 싶어 나를 여기에 보내셨소."

"예?"

선비는 깜짝 놀라서 스스로의 귀를 의심했다.

"어떠시오?"

"좀 생각해 보겠습니다."

청상과부니 그저 수절하라기는 가혹하고, 조재상 같은 당당한 세도가에게 개가시키면 팔자가 필 것이다. 그러나 조재상은 70이 넘은 늙은이니 무턱대고 좋다고 할 수 없었다.

'이 일을 어떻게 한다? 조재상 같은 세도가의 청혼을 물리쳤다가는 후환이 있을지도 모르는 노릇이다. 그렇다고 언제 죽을지 모르는 사람에게 딸을 내 주었다가는 또 한 번 과부되기 십상이니 탈이네. 이러지도 저러지도 못하고 딱한 노릇이구나.'

선비는 결단을 내리지 못하고 주저 하였다.

　조재상은 쉽게 허락을 얻지 못하자 조카를 선비에게 보냈다. 조재상의 조카는 새로이, 상감의 사위가 된 부마로서 그 세도가 자못 조재상보다도 더 당당하였다.
　부마는 뒤집어씌우듯 말했다.
　“허, 자네는 사리를 모르는 사람이로군 그래…….”
　“예?”
　“최홍윤(崔洪胤)이란 사람을 아는가?”
　“모릅니다.”
　엉뚱한 소리였다.
　“그러니까 사리를 모르지. 그 사람은 고려 인종 때 유명한 사람으로 벼슬이 평장사에 이르렀지. 그 최홍윤의 아버지는 최관(崔瓘)으로서 역시 평장사를 지냈었는데, 일찍이 점을 치니 늦게 귀한 아들을 둘 팔자라고 하였다네. 한데 80이 넘도록 아들이 없었다지 뭔가. 그런 판에 하루는 이웃집에서 사위를 보려고 하였는데 신랑 될 사람이 갑자기 죽었거든 최관은 그때 나이 80이 넘었으니 이웃집에 사람을 보내어 청혼하였다네. 그 집에서는 의견이 분분하다가 당사자인 색시에게 묻기를, 그 어른은 춘추가 많아 언제 돌아갈지 모르기는 하나 보잘 것없는 사람에게 시집가서 해로하는 것과 하루라도 좋으니 재상의 부인 노릇 하는 것과 어느 편이 좋겠느냐고 물었지. 그랬더니 색시가 대답하기를 하루라도 좋으니 재상의 부인이 되겠다고 하드라네. 그래서 색시가 시집을 갔는데 일곱 달 만에 최관이 돌아가고 유복자를 낳았으니 이 아이가 자라서 평장사 벼슬까지 한 최홍윤이라네. 그 색시는 재상의 부인이라는 귀한 신분이 되어 호강하였으며 아들은 귀하게 되었으니 그 판단이 얼마나 현명했나? 안 그런가?”

“…….”

선비는 그런 것 같기도 하고 안 그런 것 같기도 하고 그저 얼떨떨하기만 하였다.

“이치가 그렇지?”

“…….”

“옛 성인도 말씀하시기를 아침에 도를 들으면 저녁에 죽어도 좋다고 하였네. 자네는 옳은 이치를 듣고도 머뭇거리기만 하니 참으로 딱하네.”

“…….”

“그렇게 하게.”

“…….”

결국 선비는 거역하지 못하고 승낙하였다.

혼인날이 되어 신방을 꾸몄다. 선비는 얼떨결에 승낙은 하였으나 마음이 개운치 않아 잠을 이루지 못하고 신방 쪽 동정만 살폈다.

한밤중에 늙은 신랑은 부랴부랴 신방에서 나와 변소 쪽으로 갔다. 첫날밤을 치르는 터에 변소를 찾는 것도 괴이했는데, 신방으로 돌아간 늙은 신랑은 얼마 후에 또

급하게 뛰어나왔다.

'저런!'

아마 늙은 사람이 젊은 색시를 맞아 무리를 하다가 탈이 났음이 분명하였다.

'이거 안 되겠구나. 내가 잘못 승낙을 하였나보다.'

늙은 신랑은 이날부터 앓아누웠다. 설사를 하고 콜록 콜록 기침을 하는 꼴이 금세 숨이 넘어갈 것만 같았다. 선비는 참을 수 없어 억울하다고 호소하였다.

"권세로 억압하여 하는 수 없이 딸을 빼앗겼습니다. 이 일을 선처하여 주십시오."

드디어 이 사건은 대관의 손에 넘어가 조사하게 되었다.

"재상의 신분으로 선비의 딸을 강압적으로 아내로 삼았으니 이는 조정의 체면을 크게 손상시킨 것이다."

모두 들고 일어나 조재상을 규탄하였다. 조재상은 변명하여 말했다.

"강압이라니 말도 아니오. 처음에는 듣지 않다가 차근차근 타이르니 제 뜻으로 딸을 나에게 준 것이오. 아침에 도를 들으면 저녁에 죽어도 좋다고 하였소."

대관은 다시 선비를 데려다 따져 물었다.

"강압이 아니라 네가 스스로 딸을 주었다며?"

"아닙니다. 그런 일 없습니다."

"네가 아침에 도를 들으면 저녁에 죽어도 좋다고 말

하였다지 않는가? 그래 놓고서 호소하다니 말이나 되느
냐?”

선비는 어이없어 가슴을 치고 발뺌하였다.

“아닙니다. 저는 그런 말 한 적이 없습니다. 이는 조
재상의 조카 되시는 부마가 저에게 와서 달래며 한 말
입니다. 무릇 여인이 수절한다는 것은 두 지아비를 섬
기지 않는다는 것입니다. 어찌 성인의 말씀을 가지고
절개를 빼앗는 데 쓰겠습니까? 그러한데도 일이 감행된
것입니다. 굽어 살펴 주십시오.”

아무래도 선비의 말이 옳은 것 같았다. 그러나 부마
를 데려다 닦달질을 할 수는 없어 조재상의 직위를 박
탈하는 것으로써 사건은 일단락 지었다.

그런데 문제는 선비의 딸이었다.

조재상과 신방을 꾸몄으니 이미 수절하기는 틀린 몸
이었다. 수절하기 틀린 몸으로써 내내 혼자 산다는 것도
어려웠다. 그렇다고 젊고 쓸 만한 사나이가 아내로 데려
가겠다고 나서는 사람도 없었다. 결국 늙은 사람, 그저
지위나 있는 사람에게 내주게끔 되었다. 이렇게 낙찰된
것은 조재상과의 사건이 있은 이듬해의 일이었다.

그러자 분분한 물의가 일어났다.

“아니, 이럴 수가 있나? 조재상이 늙어 딸 주기 합당
치 않다더니 이번에는 또 뭔가? 그때는 억압을 물리치
지 못하여 저질러졌다더니 이번은 스스로 내준 것인가?

아무래도 그놈이 괴이하고 흉한 놈이네."
　딸이 청상과부가 된 기구한 팔자도 한스러운데, 게다
가 남의 입에 오르내리는 쓰라린 경험까지 하였다.
　　　　　　　　　　　　　　　　　—《필원잡기》 권2

제34화

매정한 사나이

선조 때 사람 이봉(李逢)의 서녀로 옥봉(玉逢)이 있었다. 이봉은 문필이 뛰어나 이름이 있었고 옥봉도 글재주가 대단하였다. 이때 조원(趙瑗)이라는 사람이 있었으니 이조좌랑을 거쳐 삼척부사 등을 지내고 지위가 승지에 이르렀다. 조원은 또한 풍채가 뛰어났고 문장으로써 이름이 높았다.

그런데 옥봉이 조원의 부실(副室)이 되기를 자원하였다. 그 당시 부실 소생 즉 서녀는 역시 남의 부실이 되는 것이 통례였다. 그러나 스스로 누구의 부실이 되겠노라고 나서는 일은 없었다. 옥봉은 조원의 문장에 반하여 부실 되기를 자원하기에 이르렀던 것이다. 조원은 문장이 뛰어나기는 하였으나 꽁생원적 기질이 있었던 모양이니 냉랭하기만 하였다.

'여인의 몸으로 스스로 자기를 위하여 중매하려고 하니 괴이한 노릇이다.'

이때 조원의 장인은 이준민(李俊民)이었는데 공조참판·경상도관찰사 등을 지낸 사람이고 역시 문명이 있었다. 이준민은 풍류를 아는 사람이라. 사위를 위하여 부실을 주선하여 주기로 하였다.

"여보게, 자네가 너무 매정하지 않은가? 사나이로서 부실을 거느리는 게 조금도 이상할 것이 없는데 왜 고집을 부리나? 옥봉의 언행은 예도를 벗어난 듯도 하네만 자네의 글재주에 반하여 그러는 것이니 너그럽게 받아 주게나. 아마도 자네와는 글로써 좋은 짝이 될 것이네."

결국 조원은 장인의 권에 못 이겨 부실을 두기로 하였으니, 옥봉은 엉뚱한 연고로 소원을 풀게 되었다. 옥봉은 평상적으로 여인이 하는 빨래나 바느질 따위는 거들떠보지도 않고 시나 짓고 글이나 쓰고 하며 나날을 보냈다.

옥봉의 임 그리는 시에 이러한 것이 있다.

庭梅欲謝時 有約郎何晚
忽聞枝上鵲 空畵鏡中眉

뜰에 핀 매화는 지려고 하는데
기약한 임은 어이 늦으시나
문득 가지에 앉은 까치 소리를 들으며
부질없이 거울에 비껴 단장을 하누나

옥봉은 임을 그리고 임을 섬기는 일과 시에 묻혀서

나날을 보내고 있는데, 하루는 이웃 아낙네가 찾아왔다.

"답답한 소원이 있어서 찾아왔습니다."

"무엇이오?"

"들으니 글을 아주 잘 쓰신 다기에 염치 불구하고 왔습니다."

"……."

옥봉은 사연을 다 듣기도 전에 시들해졌다. 무슨 편지나 대신 써 달라는 거시렸니 여겨졌기 때문이다. 그러나 이웃간에 야박하게 몰라라 할 수도 없고 또 양미간에 수심이 가득한 얼굴을 보니 박절한 말도 못하겠어서 다음 말을 기다렸다. 이웃 아낙네는 손을 비벼 가며 망설이다가 말했다.

"이렇게 억울하고 원통할 수가 있습니까? 아무 죄도 없는 사람을 공연이 잡아다가 도둑이라고 하니 이걸 어쩝니까?"

"어디, 차근히 이야기를 해봐요."

그러자 이웃 아낙네는 호소하듯 이야기하였다. 즉 아낙네의 남편이 소도둑으로 몰려서 관가에 잡혀갔다는 것이다. 터무니없는 노릇이었으나 재주 없고 힘없어 관가에 가서 변명할 수도 없는 터라, 억울한 사연을 글로 적어 주면 관가에 제출하겠다는 것이었다.

"글을 잘 쓰신다니 죽은 목숨 살려 주시는 셈 잡으시고 한 번 수고 해 주십시오."

“글쎄? 어떨지는 모르겠으나 한 번 써보기로 하죠.”
“고맙습니다.”

이웃 아낙네는 수없이 절을 하였다. 옥봉은 종이를 펼쳐 놓고는 별로 생각하지도 않고 한 수의 시를 적어 내려갔다. 이웃 아낙네는 뜻이 무엇인지도 모르면서 관가에 가서 제출하였다. 관가에서는 죄인의 아내가 소장을 제출하였다기에 아무렇지도 않게 여겨서 펼쳐보니 한 수의 시가 적혀 있었다.

洗面盆爲鏡 梳頭水作油
妾身非織女 郞豈是牽牛
　대야의 물을 거울로 삼고
　물을 기름 삼아 머리를 빗도다
　이 몸이 직녀가 아니거늘
　어찌 낭군이 견우이겠는가?

이 뜻은 검소한 생활을 하는 터에 도둑질을 하여서까지 잘 살려고 하지 않는다는 것과 견우직녀의 이야기를 멋지게 인용하여 남편이 견우 즉 소를 끌어가지 않았음을 변명한 것이었다.
“허허!”
이 소장을 본 관가에서는 무릎을 탁 쳤다.
“놀랍구나, 백 마디 말보다 더 멋있는 변명이로구나.”

시에 감탄하여 관가에서는 아낙네의 남편을 풀어 주었다.

결국 옥봉은 뛰어난 시재로써 이웃을 도와 준 것이다. 이 이야기는 삽시간에 인근에 퍼졌으며, 그 시는 여러 사람들이 즐겨 읊게 되었다.

그러니 조원도 알게 되었는데 감탄하지도 기특하게 여기지도 않았다.

'아니, 이 무슨 짓인가? 조금 재간이 있다고 하여서 함부로 시를 지어서 내돌리는 것은 여인의 할 일이 아니다. 시로써 복잡한 일을 해결한다는 것은 더욱이 여인의 할 일이 아니다.'

인상을 찌푸리고 노발대발하더니 입맛을 쩍쩍 다셨다.

'내 어쩐지 마음이 안 내키더니 이런 일이 생겼구나. 다시는 내가 저를 찾나 봐라.'

조원은 옥봉을 버리기로 작정하였다. 옥봉은 시로써 이웃의 곤경을 구해 주기는 하였으나 자신의 임을 잃는 결과가 되었다. 그녀는 기다리다 못하여 한 수의 시를 써서 조원에게 보냈다.

近來安否問如何 月到紗窓妾恨多
苦使夢魂行有跡 門前石路已成沙
　요즘의 안부를 여쭙니다 어떠하신지요

달빛이 사창에 비치니 저의 한이 많습니다
만일 꿈속의 넋이 걸어가는 발자국이 있다면
임 계신 문 앞 자갈길은 이미 모래가 됐을 겁니다)

안타까움을 호소하고 연연한 정을 보낸 시였다. 그러나 조원은 고개를 설레설레 저었다.

"아니, 또 시야? 도대체 여인이 시를 코에 거는 게 나는 싫단 말이다. 내가 저를 버리기로 하였는데 무슨 소리를 하든지 거들떠보기나 할까보냐."

그 후에도 여러 번 애절한 시가 보내져 왔다. 그러나 조원은 끝끝내 돌보지 않았다.

옥봉은 호소도 소용없고 기다리기에도 지쳐서, 스스로 여도사라 일컬으며 더욱 시만을 벗 삼아서 세월을 흘려보냈다. 조원은 자신도 문장이 뛰어나고 풍류를 알 만한 사람이었는데 성격이 매정하였다.

그 후 임진왜란이 일어나 나라 안이 온통 쑥밭이 되고 많은 사람들이 희생되었다. 조원은 이 전란에서 목숨을 잃었다. 옥봉도 아마 비슷한 운명을 더듬은 듯 종적을 아는 사람이 없었다고 한다. 매정한 임을 원망하고 눈물을 흘리며 신선이 되어 하늘로 올라갔는지도 모르겠다.

끝으로 옥봉의 시 한 수를 적어 본다.

明宵雖短短 今夜願長長
鷄聲聽欲曉 雙劍淚千行
　새벽 시간이라 아무리 짧고 짧더라도
　오늘 밤만은 길고 길기 소원이네
　닭소리가 새벽을 알려 주려 하니
　두 눈시울에서 천 줄기 눈물이로다

—《일사유사》 권6

제35화

공처가 이야기

옛날에 한 대장이 있었는데 아주 공처가였다.

하루는 청·홍 두 가지 빛깔의 기를 꽂고는 병졸들에게 말했다.

"너희 중 아내가 두려운 자는 홍기 밑으로 가고 아내가 두렵지 않은 자는 청기 밑으로 가라!"

그러고 나서 보니 모두 다 홍기 밑으로 갔는데 한 사람만 청기 밑으로 갔다. 대장은 감탄하며 홀로 청기 밑에 서 있는 병졸에게 말했다.

"매우 장하도다. 나는 천군만마를 질타하는 대장인데도 아내를 두려워한다. 그러하거늘 너는 아내가 두렵지 않다니 참으로 장부 중 장부라고 할 수 있다."

"그게 아닙니다."

"그러면?"

"제 아내가 늘 저에게 이렇게 말하였습니다. 사나이들이란 셋만 모이면 계집 이야기를 하기가 일쑤니 절대로 그런 곳에는 가지 말아라. 이런 아내의 말이 생각나서 저는 아무도 없는 청기 밑으로 왔던 것입니다."

대장은 어이없었으나 껄껄 웃고 자위하였다.

"나만 어리석어서 유독 아내를 두려워하는 줄 알았더니 그렇지 않구나. 세상이 다 그런 판국인데 나라고 다를 수 없지 않은가……."

예나 지금이나 세상에는 공처가가 많다. 그런데 사나이의 이런 공처가 기질을 악용하는 여인들도 더러 있었던 모양이다.

어느 한 고을의 원님 역시 공처가였다.

밖에 나와서 수하 사람을 거느리는 데는 엄한 상관이고, 더러는 호되게 닦달질도 하는 터요, 또 백성들에게는 당당한 원님이었다. 그러나 일단 집에 들어가면 아내 앞에서 숨도 크게 쉬지 못하고 절절매기만 하였다.

하루는 동헌에 앉아서 송사를 처리하고 있는데 한 오인이 호소하였다.

"저희 마을에 사는 순돌이 여편네에게 벌주어 주십시오."

"거 무슨 소리인가?"

"예, 이 여편네는 성미가 고약하여 제 서방이 안중에 없어 늘 욕지거리고 행패가 심합니다. 그러기에 온 마을에서 손가락질을 합니다. 요 며칠 전에는 제 서방에게 손찌검까지 하여 순돌의 얼굴에는 큼직한 상처가 생겼습니다."

"저런!"

"흉악한 여편네니 저희 같은 사람의 말을 들을 리도
없고 하여 이렇게 호소하는 바입니다."

원님은 금세 얼굴이 붉으락푸르락 하였다.

"고약한 일이다. 마을 어른의 말을 듣지 않는다는 것
은 용서할 수 없고, 더구나 제 서방에게 손찌검을 하였
다니 이는 그 죄가 크다. 당장 그 연놈을 잡아들여라!"

원님은 벌떡 일어서서 발을 구르기까지 하였다. 평소
에 아내 앞에서 찍 소리도 못하던 자신에 대한 반발이
기도 하였고, 제 아내는 다스리지 못할망정 그런 일을
그냥 놔둘 수는 없다고 여겼다.

원님의 명령에 우르르 달려가서 당장에 순돌과 그의
아내가 잡혀왔다.

두 사람은 동헌 뜰에 엎드린 채 있었고, 사람들은 어
떤 판결이 내려질까 하고 숨을 죽이며 바라보았다.

"네가 순돌이냐?"

"예!"

"얼굴을 들어라."

"……."

벌벌 떨며 고개를 쳐드는 모양을 바라보니 과연 이마
에 큰 상처가 나 있었다.

"흥, 저런! 미련하고 못 나기는……쯧쯧……."

"……."

"이마의 상처가 뭐냐?"

"……."

"들으니 너는 계집 하나 제대로 단속하지 못하고 맞아서 그렇다니 한심하고 딱한 노릇이다."

"아, 아닙니다, 원님."

순돌은 흘깃 제 아내를 쳐다보고는 황망히 변명하였다.

"아니라고? 뭐가 아니냐?"

"이, 이마의 상처는 저희 집 문짝이 떨어지는 바람에 생긴 것이지 싸우거나 맞아서 생긴 것은 아닙니다."

"뭐야?"

"정말입니다."

"이 못난 것아! 그런 일이 생긴 것만도 딱하거늘, 이 마당에 와서 바른대로 말도 못해. 너는 아주 쓸개 빠진 미련한 놈이다."

"……."

원님은 호령하고 어깨로 숨을 몰아쉬었다.

"그리고 너 순돌의 계집은 들어라!"

"……."

"천하의 이치를 네가 알까 보냐만, 대체 음과 양을 거역하지 못하는 법이며, 계집은 서방을 거역하지 못하는 법이다. 계집은 마땅히 제 서방을 하늘같이 알아 순종하고 받들어야만 한다. 무슨 일이 있어도 계집은 서방에게 복종하여야 하고, 신하는 임금에게 충성하는 것이 천하의 이치다. 그것은 사람이 금수와 다른 점이다. 그런데 너는 천륜을 어기고 행동이 방자하며 심지어 제 서방의 얼굴에 상처를 내는 패륜을 감행하였으니 또한 그 죄가 크다. 너를 단단히 다스리고 벌주어 앞으로 다시 이런 일이 생기지 않도록 하겠다.”

“…….”

장차 어떤 벌이 내릴지 궁금한 노릇이었다. 원님의 서슬로 보아 곤장을 내려 박살이라도 낼 것 같은 기세였다.

순돌의 아내는 워낙 주위에서 손가락질 당했던 터라 남녀노소 많은 사람들이 몰려와서 구경을 하였다. 이런 술렁거림은 동헌 뒤 안채에도 알려져서 원님의 부인도 일각문 뒤에 숨어서 구경하고 있었다.

“형틀을 마련하여라!”

“사, 살려주십시오.”

원님의 호령이 떨어지자 순돌의 아내는 비로소 두 손으로 싹싹 빌기 시작하였다. 순돌의 아내보다도 순돌은 더 기급을 하였다.

“원님, 원님! 이 상처는 문짝이 떨어져서 생긴 것이지 제 계집의 소행이 아닙니다.”

“시끄럽다, 저년에게 곤장을 치도록 하여라!”

그런데 곤장이 내리쳐지기 전 일각문에서 벼락 치는 소리가 나면서 원님 부인이 빨랫방망이를 들고 뛰쳐나왔다. 뜻하지 않았던 일에 모두 입이 딱 벌어졌고 원님은 얼굴색이 백지장같이 되고 말았다.

원님 부인은 빨랫방망이를 두드리며 썩 나섰다.

"이런, 이런 박정한 사람이 있나, 한 고을의 원이라는 사람이 하는 일이 뭐요? 원이란 마땅히 공사(公事)나 처리할 일이 아니오? 공사란 도적을 다스린다든지 농사일을 감독하거나, 또는 살인사건을 처리하는 게 아니겠소?

"그, 그야 그렇소만……."

엉겁결에 대답하는 원님의 목소리는 부르르 떨렸다.

"그런데 뭐요? 그래 할 일이 없어서 나약한 여인을 잡아다 놓고 금세 잡아먹을 듯 호통이나 치다니……그게 겨우 원이 할 일이란 말이오?"

원님 부인은 빨랫방망이로 동헌 대청을 꽝하고 두드렸다. 그 서슬에 원님은 혼비백산 껑충 뛰더니 손을 절래 절래 내저었다.

"다들 가거라!"

"……."

"순돌이고 순돌의 계집이고 다들 어서 가란 말이다. 어서 가지 않으면 아마 우리 집 문짝도 떨어질 것이다. 그 문짝이 내 이마에 떨어질 게 분명하니 어서들 가란 말이다!"

결국 원님은 이 사실을 처리하지 못하였다. 스스로

공처가라는 사실을 다시 한 번 광고하고는 웃음거리가 되었을 뿐이었다.

흔히 현대를 '여성 상위 시대'라고 한다. 그러나 나약한 남성과 강인한 여성은 예전에도 있었던 것 같다.

'남성은 세계를 움직이고 여성은 그 남성을 움직인다.'는 말이 가리키는 바가 바로 이런 것인지도 모른다.

—《태평한화》

제36화

저도 별 수 없어

성종 때의 일이었다.

강원도 원성 땅에 뛰어나게 아름답기로 이름 높은 기생이 있어 그곳에 가는 사람은 누구나 혹한다는 소문이 자자하였다.

한 대관이 소문을 듣고 일어나,

"이렇게 제 신분을 망각한 관리는 마땅히 벌을 주셔야 합니다."

하였다. 그러나 성종이 웃으며 말했다.

"그들이 좀 지나치게 색을 가까이 하여 소문을 퍼뜨린 것뿐인데 어찌 죄라고 할 수 있겠느냐? 색을 좋아하는 것은 누구에게나 있을 법한 일이니 너무 탓하지 마시오."

그러나 대관은 깐깐하기만 하였다.

"그런 것 하나 못 참아서야 어찌 장부라고 하겠습니까?"

여러 말이 많았지만 역시 성종은 불문에 붙였다.

그 후 성종은 이 대관에게 특히 강원도 관찰사의 벼

슬을 내렸다. 강원도 관찰사의 임지는 바로 원성이었다. 그러고는 한편으로 원성목사에게 은근한 명령을 내려 관찰사가 되어 내려간 대관의 행실을 시험하여 보기로 하였다.

명령을 받은 원성목사는 기생을 불러 각별히 당부 하니 기생은 미소로써 승낙하고 계교를 꾸며놓고 기다렸다.

그런 꿍꿍이속을 전혀 모르는 관찰사가 원성에 부임하였을 때는 마침 가을이었다.

부임한 지 며칠 안 되었는데, 하루는 웬 말이 영내에 들어와 뜰 가득히 심어져 있던 국화꽃을 함부로 밟아 엉망을 만들었다.

"저런 고약한 일이 있나! 저 말의 임자가 누구인지 당장 잡아오너라!"

관찰사는 추상같은 호령을 하고는 잔뜩 벼르고 있는데, 얼마 후 아전을 따라 들어온 사람은 물 찬 제비 같은 여인이었다. 소복한 것을 보니 아마 과부인 듯하였다. 관찰사는 어리벙벙하여 바라보고 있는데, 여인은 날아갈 듯이 절을 하였다.

"백 번 죽어 마땅한 죄를 저질렀습니다. 집에 남정네가 없는 탓에 말을 제대로 단속 못하여 그런 일이 벌어졌습니다. 어떠한 벌이라도 달게 받겠습니다."

"음."

그 목소리 또한 은쟁반에 진주알이 구르는 듯하여 관찰사는 아무 말도 못하고 바라보기만 하였다.

"어서 벌을 내리십시오."

그러나 관찰사는 여전히 입이 헤벌어진 채 바라보다가 입을 열었다.

"연유를 들어보니 사정이 또한 딱하도다. 특히 불문에 붙일 것이니 그리 알고 물러가거라."

관찰사는 여인을 돌려보냈으나 그 자태가 눈에 삼삼하고 목소리가 귀에 쟁쟁하여 이날 저녁에 은근히 사령에게 물었다.

"아까 말 임자라고 왔던 여인이 어디에 사는 누구인고?"

그러자 사령은 머뭇머뭇 거렸다.

"예, 제 누이입니다. 일찍이 홀로 되었는데 오늘은 또 그런 죄를 지었습니다."

"알았다."

관찰사는 손을 저어 말을 끝내게 하였지만 그 오라비가 가까이 있다고 생각하니 뭔지 든든하게 여겨졌다.

이튿날 저녁에 관찰사 혼자 무료하게 앉아 있는데 사령이 소곤거렸다.

"감히 아룁니다. 제 누이가 전날의 은고를 잊지 못하여 집에 열린 배를 한 바구니 바치고자 합니다. 제가 뭐라고 할 수 없어 이렇게 여쭙습니다."

관찰사는 눈빛이 바뀌었으나 점잔을 빼었다.

"허허, 그래? 박정하게 뜻을 물리칠 수야 있느냐. 어려워 말고 가지고 오라고 하여라."

관찰사가 기대에 부풀어 기다리고 있는데 여인은 쉽게 나타나지 않았다. 전날의 그 자태가 눈에 선하여 안절부절 못하고 있는데 밤이 깊어서야 장지문 밖에서 사령의 목소리가 들려왔다.

"아룁니다. 배를 가지고 왔습니다."

"들라고 하여라!"

여인은 배가 든 바구니를 들고 사뿐히 들어서더니 넙죽 절하였다. 사령은 밖에서 꿇어 엎드린 채 스스로 장지문을 닫았다.

관찰사는 향긋한 냄새가 온몸을 감싸는 듯하고 심신이 황홀하여 말도 못하고 바라보았다. 그런데 밖에서는 가늘게 코 고는 소리가 들려왔다. 아마 사령이 피곤하여 엎드린 채 졸고 있는 모양이다.

관찰사는 그 코 고는 소리에 기운을 얻어 여인에게 다가가 손목을 덥석 잡았다. 여인은 몸을 꼬고 부끄러움 타는 시늉을 하였으니, 그것이 더욱 관찰사의 가슴에 불을 질렀다.

"두려워 마라."

"저는 기생이 아니니 어찌 분부를 받들겠습니까?"

"허허, 너무 야박하게 굴지 말아라. 네가 기생이 아님

은 나도 안다. 그러나 너는 과부인 모양이니 내 심회를
좀 풀어주면 어떻겠느냐?”

“······.”

“밤도 깊고 아는 사람이 아무도 없으니 염려 마라.”

관찰사는 여인을 이끌어 결국 인연을 맺고야 말았다.
이날부터 여인은 밤이 깊으면 숨어들고 동이 트기 전에
돌아가곤 하였다.

관찰사는 그날그날 어떻게 지나가는지 그저 몸이 허
공에 뜬 것 같았다.

하루는 여인이 속삭였다.

“이렇게 남의 눈을 두려워하여 왔다가 가곤 하는 게
조마조마하기만 합니다. 제 집이 여기서 가까우니 그곳
에 가서서 하룻밤 편안히 쉬시는 게 어떠하시겠습니
까?”

“거 썩 좋은 생각이다.”

관찰사는 그동안 여인이 남의 눈을 피하느라고 고생
하던 생각을 하고는 서슴지 않고 따라나섰다. 과연 여인
의 집은 가까웠으며, 비어 있는 듯 조용하고 방안에는
벌써 원앙금침이 깔려져 있었다. 관찰사는 옷을 훌훌 벗
고 이부자리 속으로 들어갔다.

“너도 어서 들어오너라.”

막 그때 밖에서 요란한 소리가 들려왔다.

“오늘은 너를 용서할 수 없다.”

그것은 분명히 사나이의 목소리였으니 관찰사는 벌떡 일어나 앉았다. 여인은 귀에다 입을 대고는 속삭였다.

"저 자가 뛰어들면 망신이 아니겠습니까? 여기 있는 장롱 속에 잠시 몸을 숨기고 계십시오."

"어……응, 응, 알았다."

관찰사는 전후 사정을 자세히 따질 사이도 없이 벌거벗은 채 장롱 속으로 들어갔다. 밖에서 외치던 사나이는 방문을 열어젖혔다.

"그동안 옷이 없다고 해서 내게서 돈을 꾸어 가놓고 갚지 않으니 더 참을 수 없다. 이제는 옷이라도 가지고 가서 손해를 감당하여야겠다."

"잠깐만 기다려 주십시오."

"뭐라고……또 기다려? 이제는 하루도 더 기다릴 수 없단 말이다. 옳지, 이 장롱 속에 있는 옷이 다 내게서 꾸어간 돈으로 만든 것이겠군. 이걸 몽땅 가지고 가서 원님에게 호소하여야겠다."

결국 사나이는 장롱을 꽁꽁 동여매어 걸머지고 나갔다. 속에 들어 있는 관찰사는 소리를 지를 수도 없고 그저 사색이 되어 부들부들 떨기만 하였다.

사나이는 장롱을 걸머지고 원성 목사에게로 갔다. 이미 사태가 이쯤 되리라고 짐작하고 있던 원성 목사는 불을 밝히게 하고는 큰 소리로 말했다.

"그래 이 속에 옷이 그득 들어 있단 말이냐? 그리고

그 옷은 네게서 빌려간 돈으로 만든 것이란 말이지?”

“예.”

“그 장롱을 열어보아라.”

장롱이 열리자 그 속에서 나온 것은 옷이 아니라 벌거숭이 관찰사였다.

“아, 아니, 이게 어찌된 일이십니까?”

“…….”

관찰사는 두 손으로 얼굴을 가리고 어쩔 줄 몰라 하였으니 꼴이 가관이었다.

“이게 어찌된 일입니까?”

“모, 모르겠네. 그저 죽고 싶을 따름이네.”

이 자리에 모여 있던 사람들은 손으로 입을 가리고 웃었다. 그 후 이 관찰사가 뭐라고 성종에게 변명하였는지 기록에 남아 있지 않다.

—《명엽지해》

제37화

쏟아지는 눈물

중종 14년 조정에서 정초부터 묘한 논의가 오고갔다. 즉 관기를 혁파하자는 것이었다.

즉 관에 소속된 기생을 없애자는 논의였다. 이는 여러 가지 피해 없이 하자는데 목적이 있었으나, 오래도록 내려오던 습관을 하루아침에 폐지하기는 어려웠다. 즉 관기를 없애고 나아가 여악까지 없애자는 주장도 나왔으며, 한편에서는 관기를 없애는 대신에 관에 소속된 계집종으로써 이에 대신하자고 주장하기도 하였다.

이런 판에 자칭 점잖은 무리는 관기의 즉시 혁파를 주장하고 나섰으니 이런 분위기는 전국적으로 파급되었다.

이 무렵 채세영(蔡世英)은 성주에 갔다. 성주에는 역대의 역사를 적은 실록을 보관하고 있는 사고(史庫)가 있었다. 이곳에 보관되어 있는 책은 정기적으로 햇볕에 쬐고 바람을 쐬고는 하였었는데 춘추관의 기사관이란 지위에 있던 채세영은 그 책임을 맡고 내려간 것이다.

채세영도 한참 논의되고 있는 관기 혁파에 가담한 사

람으로서 점잔을 떨며 목사에게 물었다.

"이 고을에서도 물론 기생을 없이 하였겠지요?"

목사는 호탕한 기질이었는데 좀 아니꼽다는 생각이 들었다.

"그야……헌데 기생이 없으면 술자리 시중은 누가 들죠?"

채세영이 펄쩍 뛰며 말했다.

"무슨 말씀을……나라의 공론이 그런데 기생이 있을 수 있나요? 술을 데우고 날라오는 일은 종년들에게나 시키면 될 게 아니겠어요?"

"그야……."

"아예 수청 들인다는 따위는 생각도 마십시오."

"……."

"내가 머무는 객사에는 계집종도 보내지 마십시오. 다만 잔심부름이나 시킬 사내종이면 됩니다."

"……."

목사는 어이없어 입을 다물어 버렸다. 제 바라는 대로 객사 가까이에는 계집종도 얼씬 못하게 하였으나 코웃음만이 쳐졌다.

'흥, 혼자서 도도하구나. 점잖은 개 부뚜막에 먼저 뛰어오른다는 말이 있는데 어디 두고 보자.'

목사는 반반하게 생긴 기생 추랑(秋娘)을 불렀다.

"네가 한 번 제주를 보일 때가 왔다. 내가 시키는 대로 할 것이며, 만일 성사되면 후한 상을 내리겠다.”

목사는 추랑에게 은근한 계교를 지시하고, 그런 다음 채세영의 시중을 드는 종녀석에게도 적절한 지시를 하였다.

땅거미가 질 무렵이면·추랑은 흥얼흥얼 노래를 부르며 객사 앞을 지나갔다.

채세영은 첫날은 무심히 들었으나, 이튿날에는 귀를 기울였고, 사흘째 되는 날에는 고개를 내밀어 두리번거렸다. 보아하니 날씬한 몸매에 걸음걸이도 가벼웠으며 먼발치로도 자색이 반반하다는 게 짐작되었다.

“허허, 웬 여인인가?”

궁금하기 짝이 없는 노릇이었으나 어쩔 도리가 없었다. 정체를 모르는 여인에게 근본을 물을 수도 없고, 또 차마 목사에게 말해 볼 수도 없었다.

“허, 답답하네……”

그러나 저녁이 되면 은근히 기다려졌다. 나흘이 되고 닷새가 되었을 때 더 참을 수 없어서 종녀석을 불렀다.

“저기 노래를 부르며 지나가는 여인이 있지?”

“예.”

“누구냐?”

종녀석이 씩 웃었다.

“아, 예……이 고을의 기생이었던 사람입니다. 집은 저쪽에 있고요. 매일 노래를 배우러 다니는데 그래서 이 앞을 지나가게 되는 것입니다."

"그래?"

채세영은 기생이었다는 말에 급히 뛰어나갔다. 기생이라면 누구나 쉽게 대할 수 있으려니 여겨졌기 때문이었다.

"게 섰거라!"

급한 김에 꽥 소리치고 달려가니 여인이 흘낏 돌아다보고는 급히 달아나려다가 무엇에 걸렸는지 그 자리에 쓰러졌다. 이것은 다 목사가 시킨 대로 하는 계교였다.

채세영은 쓰러진 추랑의 팔을 잡아 일으켰다.

"어디 다치지 않았느냐?"

"사, 살려주십시오."

"내가 너를 어쩐다고 이러느냐?"

"놓아 주십시오."

추랑이 잡힌 팔을 뿌리치고 도망치려는 시늉을 하자 채세영은 다급해졌다.

"어허, 들으니 너는 기생이었다는구나. 그러니 규중처녀 같이 굴 것도 아니고 또 내가 노류장화를 꺾지 말라는 법도 없으렷다."

"……."

"잔말 말고 나 하는 대로 있어라."

채세영은 우격다짐으로 추랑을 객사로 끌어들였다. 추랑은 물론 못 이기는 체 끌려갔다.

채세영은 마치 열병에 들뜨기라도 한 듯 추랑을 품에 안아 인연을 맺었다. 채세영이 다시 도사려 앉아 등잔불에 추랑의 얼굴을 차근히 바라보았다.

"아마 너와 나는 연분이 있는 모양이다."

"……."

"내일도 또 와야 한다."

"……."

"다짐하겠지?"

"예."

추랑은 역시 못 이기는 체 고개를 끄덕였다. 그제야 채세영은 목사 생각이 났다.

"너 이 일은 아무에게도 말하지 말아라."

"……."

"목사에게 얘기해서는 못쓴다. 알겠지?"

"예."

이날부터 추랑은 날이 어두워지면 객사로 숨어들곤 하였다. 채세영은 그저 매일매일이 꿈같기만 하였다. 그러나 추랑에게 매일 되풀이하여 일렀다.

"아무에게도 얘기해서는 못 쓴다. 목사에게 알려지지 않게 조심해야 돼."

이런 다짐을 하는 것을 잊지 않았다.

정이 흠뻑 든 추랑과 헤어지기는 싫었으나 떠나야 할 때가 되었다. 목사는 채세영은 위하여 자그마한 술자리를 마련하였다. 그러나 이 자리에는 기생은 하나도 없고, 뜰 밑에서 세 여인에게 화로에 술을 덥히게 하였을 따름이었다.

채세영은 세 여인 중 추랑이 끼어 있다는 것을 알았으나 아는 척도 못하고 물론 가까이 오라고도 못하였다.

'내가 왜 관기 혁파니 어쩌니 하는 소리를 하여 이 꼴이 되었는가? 허 참…….'

속을 끓이며 한탄하는데 추랑이 이쪽을 바라보았다. 그 눈매에는 정이 담뿍 담기고 다가올 이별을 애달파하는 듯한 자태였다.

"으흠!"

채세영은 산란한 심사를 억제하려고 안간힘을 썼으나 눈물이 핑 돌았다.

'이것 안 되겠구나.'

당황하여 턱을 치켜들었다. 그대로 있다가는 금세 눈물이 떨어질 것 같았기 때문이었다. 슬픔은 더욱 복받쳐서 점점 턱을 추켜올리다 보니 거의 뒤로 자빠지는 모습이 되었다.

그러자 목사가 천연덕스럽게 말했다.

"자, 약주나 한 잔 드십시다."

"……."

"잔 여기에 있소."

"그럽시다."

채세영은 잔을 받으며 얼굴을 똑바로 하였다.

그러자 고였던 눈물이 주르르 떨어졌다. 급기야는 억지로 참고 있던 슬픔이 한꺼번에 터져서 마치 폭포가 쏟아지듯 눈물이 흘러내렸다.

목사는 다가앉으며 채세영의 손을 잡았다.

"내 이 곳에 있은 지 삼 년이 되나 이다지도 슬피 눈물 흘리는 분은 처음 보았소."

"……."

채세영은 이제는 염치 불구하고 눈물을 흘리며 어깨를 들먹이기까지 하였다.

"너 이리 와서 약주 한 잔 올려라."

목사는 손짓하여 추랑을 불렀다.

추랑은 팔십까지 살았는데 두고두고 채세영의 눈물 이야기를 하였다고 한다.

―≪송계만록≫

엮은이 약력

1923년 서울 출생
1942년 잡지 〈일본시단〉 동인
1944년 연희전문학교 졸업
1945년 잡지 〈예술부락〉에 단편 발표로 작품 활동 시작
1950년 잡지 〈문예〉 편집 담당
1956년 한국문학가협회 사무국장 역임

저 서

≪한국의 괴기담≫ (서문문고 161)
단편집 ≪안개는 아직도≫ 외 20여 편

한국의 연정담　　　〈서문문고 275〉

초판 발행 / 1978년 12월　5일
개정판 인쇄 / 2006년　4월 10일
개정판 발행 / 2006년　4월 15일
엮은이 / 박 용 구
펴낸이 / 최 석 로
펴낸곳 / 서 문 당
주소 / 서울시 마포구 성산동 54-18호
전화 / 322—4916~8 팩스 / 322—9154
창업일자 / 1968. 12. 24
등록일자 / 2001. 1. 10
등록번호 / 제10-2093
SeoMoonDang Publishing Co. 2001

ISBN 89-7243-575-2　　※ 잘못된 책은 바꾸어 드립니다.

서문문고 목록

001~303

◆ 번호 1의 단위는 국학
◆ 번호 홀수는 명저
◆ 번호 짝수는 문학

<table>
<tr><td>001 한국회화소사 / 이동주</td><td>034 토마스만 단편집 / 토마스만</td></tr>
<tr><td>002 황야의 늑대 / 헤세</td><td>035 독서술 / 에밀파게</td></tr>
<tr><td>003 고독한 산책자의 몽상 / 루소</td><td>036 보물섬 / 스티븐슨</td></tr>
<tr><td>004 멋진 신세계 / 헉슬리</td><td>037 일본제국 흥망사 / 라이샤워</td></tr>
<tr><td>005 20세기의 의미 / 보울딩</td><td>038 카프카 단편집 / 카프카</td></tr>
<tr><td>006 가난한 사람들 / 도스토예프스키</td><td>039 이십세기 철학 / 화이트</td></tr>
<tr><td>007 실존철학이란 무엇인가/ 볼노브</td><td>040 지성과 사랑 / 헤세</td></tr>
<tr><td>008 주홍글씨 / 호돈</td><td>041 한국 장신구사 / 황호근</td></tr>
<tr><td>009 영문학사 / 에반스</td><td>042 영혼의 푸른 상흔 / 사강</td></tr>
<tr><td>010 황혼의 이야기 / 쯔바이크</td><td>043 러셀과의 대화 / 러셀</td></tr>
<tr><td>011 한국 사상사 / 박종홍</td><td>044 사랑의 풍토 / 모로아</td></tr>
<tr><td>012 플로베르 단편집 / 플로베르</td><td>045 문학의 이해 / 이상섭</td></tr>
<tr><td>013 엘리어트 문학론 / 엘리어트</td><td>046 스탕달 단편집 / 스탕달</td></tr>
<tr><td>014 모옴 단편집 / 서머셋 모옴</td><td>047 그리스, 로마신화 / 벌핀치</td></tr>
<tr><td>015 몽테뉴수상록 / 몽테뉴</td><td>048 육체의 악마 / 라디게</td></tr>
<tr><td>016 헤밍웨이 단편집 / E. 헤밍웨이</td><td>049 베이컨 수상록 / 베이컨</td></tr>
<tr><td>017 나의 세계관 /아인스타인</td><td>050 마농레스코 / 아베프레보</td></tr>
<tr><td>018 춘희 / 뒤마피스</td><td>051 한국 속담집 / 한국민속학회</td></tr>
<tr><td>019 불교의 진리 / 버트</td><td>052 정의의 사람들 / A. 까뮈</td></tr>
<tr><td>020 뷔뷔 드 몽빠르나스 /루이 필립</td><td>053 프랭클린 자서전 / 프랭클린</td></tr>
<tr><td>021 한국의 신화 / 이어령</td><td>054 투르게네프 단편집 / 투르게네프</td></tr>
<tr><td>022 몰리에르 희곡집 / 몰리에르</td><td>055 삼국지 (1) / 김광주 역</td></tr>
<tr><td>023 새로운 사회 / 카아</td><td>056 삼국지 (2) / 김광주 역</td></tr>
<tr><td>024 체호프 단편집 / 체호프</td><td>057 삼국지 (3) / 김광주 역</td></tr>
<tr><td>025 서구의 정신 / 시그프리드</td><td>058 삼국지 (4) / 김광주 역</td></tr>
<tr><td>026 대학 시절 / 슈토름</td><td>059 삼국지 (5) / 김광주 역</td></tr>
<tr><td>027 태초에 행동이 있었다 / 모로아</td><td>060 삼국지 (6) / 김광주 역</td></tr>
<tr><td>028 젊은 미망인 / 쉬니츨러</td><td>061 한국 세시풍속 / 임동권</td></tr>
<tr><td>029 미국 문학사 / 스필러</td><td>062 노천명 시집 / 노천명</td></tr>
<tr><td>030 타이스 / 아나톨프랑스</td><td>063 인간의 이모저모/라 브뤼에르</td></tr>
<tr><td>031 한국의 민담 / 임동권</td><td>064 소월 시집 / 김정식</td></tr>
<tr><td>032 모파상 단편집 / 모파상</td><td>065 서유기 (1) / 우현민 역</td></tr>
<tr><td>033 은자의 황혼 / 페스탈로치</td><td>066 서유기 (2) / 우현민 역</td></tr>
<tr><td></td><td>067 서유기 (3) / 우현민 역</td></tr>
<tr><td></td><td>068 서유기 (4) / 우현민 역</td></tr>
<tr><td></td><td>069 서유기 (5) / 우현민 역</td></tr>
<tr><td></td><td>070 서유기 (6) / 우현민 역</td></tr>
<tr><td></td><td>071 한국 고대사회와 그 문화 /이병도</td></tr>
<tr><td></td><td>072 피서지에서 생긴일 /슬론 윌슨</td></tr>
<tr><td></td><td>073 마하트마 간디전 / 로망롤랑</td></tr>
<tr><td></td><td>074 투명인간 / 웰즈</td></tr>
</table>

075 수호지 (1) / 김광주 역
076 수호지 (2) / 김광주 역
077 수호지 (3) / 김광주 역
078 수호지 (4) / 김광주 역
079 수호지 (5) / 김광주 역
080 수호지 (6) / 김광주 역
081 근대 한국 경제사 / 최호진
082 사랑은 죽음보다 / 모파상
083 퇴계의 생애와 학문 / 이상은
084 사랑의 승리 / 모옴
085 백범일지 / 김구
086 결혼의 생태 / 펄벅
087 서양 고사 일화 / 홍윤기
088 대위의 딸 / 푸시킨
089 독일사 (상) / 텐브록
090 독일사 (하) / 텐브록
091 한국의 수수께끼 / 최상수
092 결혼의 행복 / 톨스토이
093 율곡의 생애와 사상 / 이병도
094 나심 / 보들레르
095 에머슨 수상록 / 에머슨
096 소아나의 이단자 / 하우프트만
097 숲속의 생활 / 소로우
098 마을의 로미오와 줄리엣 / 켈러
099 참회록 / 톨스토이
100 한국 판소리 전집 /신재효,강한영
101 한국의 사상 / 최창규
102 결산 / 하인리히 빌
103 대학의 이념 / 야스퍼스
104 무덤없는 주검 / 사르트르
105 손자 병법 / 우현민 역주
106 바이런 시집 / 바이런
107 종교론,국민교육론 / 톨스토이
108 더러운 손 / 사르트르
109 신역 맹자 (상) / 이민수 역주
110 신역 맹자 (하) / 이민수 역주
111 한국 기술 교육사 / 이원호
112 가시 돋힌 백합/ 어스킨콜드웰
113 나의 연극 교실 / 김경옥
114 목녀의 로맨스 / 하디
115 세계발행금지도서100선
        / 안춘근

116 춘향전 / 이민수 역주
117 형이상학이란 무엇인가
        / 하이데거
118 어머니의 비밀 / 모파상
119 프랑스 문학의 이해 / 송면
120 사랑의 핵심 / 그린
121 한국 근대문학 사상 / 김윤식
122 어느 여인의 경우 / 콜드웰
123 현대문학의 지표 외/ 사르트르
124 무서운 아이들 / 장콕토
125 대학·중용 / 권태익
126 사씨 남정기 / 김만중
127 행복은 지금도 가능한가
        / B. 러셀
128 검찰관 / 고골리
129 현대 중국 문학사 / 윤영춘
130 펄벅 단편 10선 / 펄벅
131 한국 화폐 소사 / 최호진
132 사형수 최후의 날 / 위고
133 사르트르 평전/ 프랑시스 장송
134 독일인의 사랑 / 막스 뮐러
135 사서삼경 입문 / 이민수
136 로미오와 줄리엣 /셰익스피어
137 햄릿 / 셰익스피어
138 오델로 / 셰익스피어
139 리어왕 / 셰익스피어
140 맥베스 / 셰익스피어
141 한국 고시조 500선/ 강한영 편
142 오색의 베일 / 서머셋 모옴
143 인간 소송 / P.H. 시몽
144 불의 강 외 1편 / 모리악
145 논어 /남만성 역주
146 한여름밤의 꿈 / 셰익스피어
147 베니스의 상인 / 셰익스피어
148 태풍 / 셰익스피어
149 말괄량이 길들이기/셰익스피어
150 뜻대로 하셔요 / 셰익스피어
151 한국의 기후와 식생 / 차종환
152 공원묘지 / 이블린
153 중국 회화 소사 / 허영환
154 데미안 / 헤세
155 신역 서경 / 이민수 역주

156 임어당 에세이선 / 임어당
157 신정치행태론 / D.E.버틀러
158 영국사 (상) / 모로아
159 영국사 (중) / 모로아
160 영국사 (하) / 모로아
161 한국의 괴기담 / 박용구
162 욘손 단편 선집 / 욘손
163 권력론 / 러셀
164 군도 / 실러
165 신역 주역 / 이기석
166 한국 한문소설선 / 이민수 역주
167 동의수세보원 / 이제마
168 좁은 문 / A. 지드
169 미국의 도전 (상) / 시라이버
170 미국의 도전 (하) / 시라이버
171 한국의 지혜 / 김덕형
172 감정의 혼란 / 쯔바이크
173 동학 백년사 / B. 웜스
174 성 도밍고성의 약혼 /클라이스트
175 신역 시경 (상) / 신석초
176 신역 시경 (하) / 신석초
177 베를레르 시집 / 베를레르
178 미시시피씨의 결혼 / 뒤렌마트
179 인간이란 무엇인가 / 프랭클
180 구운몽 / 김만중
181 한국 고시조사 / 박을수
182 어른을 위한 동화집 / 김요섭
183 한국 위기(圍棋)사 / 김용국
184 숲속의 오솔길 / A.시티프터
185 미학사 / 에밀 우티쯔
186 한중록 / 혜경궁 홍씨
187 이백 시선집 / 신석초
188 민중들 반란을 연습하다
    / 귄터 그라스
189 축혼가 (상) / 샤르돈느
190 축혼가 (하) / 샤르돈느
191 한국독립운동지혈사(상)
    / 박은식
192 한국독립운동지혈사(하)
    / 박은식
193 항일 민족시집/안중근외 50인
194 대한민국 임시정부사 /이강훈

195 항일운동가의 일기/장지연 외
196 독립운동가 30인전 / 이민수
197 무장 독립 운동사 / 이강훈
198 일제하의 명논설집/안창호 외
199 항일선언·창의문집 / 김구 외
200 한말 우국 명상소문집/최창규
201 한국 개항사 / 김용욱
202 전원 교향악 외 / A. 지드
203 직업으로서의 학문 외 / M. 베버
204 나도향 단편선 / 나빈
205 윤봉길 전 / 이민수
206 다니엘라 (외) / L. 린저
207 이성과 실존 / 야스퍼스
208 노인과 바다 / E. 헤밍웨이
209 골짜기의 백합 (상) / 발자크
210 골짜기의 백합 (하) / 발자크
211 한국 민속약 / 이선우
212 젊은 베르테르의 슬픔 / 괴테
213 한문 해석 입문 / 김종권
214 상록수 / 심훈
215 채근담 강의 / 홍응명
216 하디 단편선집 / T. 하디
217 이상 시전집 / 김해경
218 고요한물방아간이야기 /
    H. 주더만
219 제주도 신화 / 현용준
220 제주도 전설 / 현용준
221 한국 현대사의 이해 / 이현희
222 부와 빈 / E. 헤밍웨이
223 막스 베버 / 황산덕
224 적도 / 현진건
225 민족주의와 국제체제 / 힌슬리
226 이상 단편집 / 김해경
227 삼략신강 / 강무학 역주
228 굿바이 미스터 칩스 (외) / 힐튼
229 도연명 시전집 (상) /우현민 역주
230 도연명 시전집 (하) /우현민 역주
231 한국 현대 문학사 (상)
    / 전규태
232 한국 현대 문학사 (하)
    / 전규태
233 말테의 수기 / R.H. 릴케

234 박경리 단편선 / 박경리
235 대학과 학문 / 최호진
236 김유정 단편선 / 김유정
237 고려 인물 열전 / 이민수 역주
238 에밀리 디킨슨 시선 / 디킨슨
239 역사와 문명 / 스트로스
240 인형의 집 / 입센
241 한국 골동 입문 / 유병서
242 토마스 울프 단편선/ 토마스 울프
243 철학자들과의 대화 / 김준섭
244 파리시절의 릴케 / 버틀러
245 변증법이란 무엇인가 / 하이스
246 한용운 시전집 / 한용운
247 중론송 / 나아가르쥬나
248 알퐁스도데 단편선 / 알퐁스 도데
249 엘리트와 사회 / 보트모어
250 O. 헨리 단편선 / O. 헨리
251 한국 고전문학사 / 전규태
252 정을병 단편집 / 정을병
253 악의 꽃들 / 보들레르
254 포우 걸작 단편선 / 포우
255 양명학이란 무엇인가 / 이민수
256 이육사 시문집 / 이원록
257 고시 십구수 연구 / 이계주
258 안도라 / 막스프리시
259 병자남한일기 / 나만갑
260 행복을 찾아서 / 파울 하이제
261 한국의 효사상 / 김익수
262 갈매기 조나단 / 리처드 바크
263 세계의 사진사 / 버먼트 뉴홀
264 환영(幻影) / 리처드 바크
265 농업 문화의 기원 / C. 사우어
266 젊은 처녀들 / 몽테를랑
267 국가론 / 스피노자
268 임진록 / 김기동 편
269 근사록 (상) / 주희
270 근사록 (하) / 주희
271 (속)한국근대문학사상/ 김윤식
272 로렌스 단편선 / 로렌스
273 노천명 수필집 / 노천명
274 콜롱바 / 메리메
275 한국의 연정담 /박용구 편저

276 삼현학 / 황산덕
277 한국 명창 열전 / 박경수
278 메리메 단편집 / 메리메
279 예언자 /칼릴 지브란
280 충무공 일화 / 성동호
281 한국 사회풍속야사 / 임종국
282 행복한 죽음 / A. 까뮈
283 소학 신강 (내편) / 김종권
284 소학 신강 (외편) / 김종권
285 홍루몽 (1) / 우현민 역
286 홍루몽 (2) / 우현민 역
287 홍루몽 (3) / 우현민 역
288 홍루몽 (4) / 우현민 역
289 홍루몽 (5) / 우현민 역
290 홍루몽 (6) / 우현민 역
291 현대 한국시의 이해 / 김해성
292 이효석 단편집 / 이효석
293 현진건 단편집 / 현진건
294 채만식 단편집 / 채만식
295 삼국사기 (1) / 김종권 역
296 삼국사기 (2) / 김종권 역
297 삼국사기 (3) / 김종권 역
298 삼국사기 (4) / 김종권 역
299 삼국사기 (5) / 김종권 역
300 삼국사기 (6) / 김종권 역
301 민화란 무엇인가 / 임두빈 저
302 무정 / 이광수
303 야스퍼스의 철학 사상
    / C.F. 윌레프
304 마리아 스튜아르트 / 쉴러
306 오를레앙의 처녀 / 쉴러
308 프로메테우스(외) / 괴테
309 한국의 굿놀이(상) / 정수미
310 한국의 굿놀이(하) / 정수미
311 한국풍속화집 / 이서지
312 미하엘 콜하스 / 클라이스트
314 직조공 / 하우프트만
316 에밀리아 갈로티
    / G. E. 레싱
318 시몬 마샤르의 환상
    / 베르톨트 브레히트
321 한국의 꽃그림 / 노숙자